アーモンドの樹

ウォルター・デ・ラ・メア作品集2

脇明子 訳
橋本治 絵

●東洋書林

アーモンドの樹——ウォルター・デ・ラ・メア作品集②

脇明子訳　橋本治絵

東洋書林

●収録作品●

The Almond Tree

The Bowl

(from *The Riddle*, 1923)

The Princess

A Beginning

(from *A Beginning*, 1955)

目次●アーモンドの樹

はじめに

このあいだは女の子のお話ばかりでしたから、今度はひとつ男の子のお話をおおくりしましょう。お話は全部で四つ——やっぱりみんなイギリスの詩人ウォルター・デ・ラ・メアの書いたものの中から選びました。

★

女の子のお話のときと違って、今度はまえもって聞いておいていただいたほうがいいようなことはたいしてありません。なぜなら、実は今度のお話はどれも、デ・ラ・メアが男の子について書いたものではなくて、ニコラスという名のひとりの男の子が自分でお話するものだからです。

★

もっともこのニコラスは、いつもすっかり同じひとりの男の子だとはかぎりません。たとえばあるときはまだ小さな子供ですし、ときによるともう恋をする年頃の青年になったりもします。

もちろん子供のニコラスがそのまま大きくなって青年のニコラスになったと考えることも、できないというのではありません。青年のニコラスが昔住んでいたというヒースの曠野のはずれの家は、庭があり、果樹園があり、母さんの小さな居間があり、マーサという名の女中までいて、小さなニコラスの住む家とそっくり同じであるように思えます。でもやっぱりどういうわけか、私にはこのふたりが同じニコラスであるとは言いたくないような気がするのです。

★

あるいはそれはあの短い春の日々に若いニコラスがいっしょに駈けまわってすごしたおかしな小娘のフローレンスが、ある秋の日暮れに子供のニコラスが水車場の池のほとりで会った優しいミス・グレイと、あまりにもよく似ているからかもしれません。

ミス・グレイはそれにオーチャードソン夫人ともそっくりですし、フローレンスのほうはといえば、時がたてばあの姫君《プリンセス》と区別がつかなくなりそうにも思えます。

それにまた、もしそうでなかったとしたら、どうしてただひとり名前を呼ばれていないあの男の子——雪の日にスノードロップの花束を握って誰も住んでいない家にしのびいった男の子が、やっぱりニコラスであるとわかるわけがあるでしょうか。

★

きれいで優しい姫君《プリンセス》の姿がまたたくうちにうつろうように、ヒースの曠野のはずれの家もあるときは空家となり、またあるときはバレンタインの御馳走の匂いを漂わせ、小さなニコラスはいつもいつもあたりをさまよい……そう、たぶんニコラスというのは、デ・ラ・メアの夜ごとの夢の中を駆けめぐる男の子の名前だったのかもしれません。

秋も暮れ、朝の目覚めが不思議になつかしく、それでいて淋しいころです。さあ、ではこれからニコラスのお話を聞いて下さい。

アーモンドの樹

みんなが「伯爵」と呼んでいたぼくのあの古い友人は、ときとして非常に奇妙な知り合いを持っていた。どこかそのへんに、風変わりでもっともらしく、情熱家でまたそれなりの考えもあるというような、そんな男がいると、かれはすぐその男のなかに熱心で刺激的な聞き手を見出してしまうのだった。そしてそうした発見によってしばしば欺《あざむ》かれ、落胆させられたにもかかわらず、かれの心臓はうちつづく幻滅にすこしもひるまないようにできていた。もっとも打ち明けていえば、かれのこうした惑星のような友人たちには、ときおりいささか面くらわせられることもあった。そんなわけで、ある午後のこと、いつも以上に口達者《だつしや》で風変わりな友人と腕を組んでにぎわった本通りを歩いているかれを見たとき、ぼくは——白状するが——そのふたり連《づ》れに会わずにすむようにと通りの反対側へわたったのだった。

しかし伯爵の眼はごまかすには鋭すぎた。かれはぼくの俗物根性《ぞくぶつこんじょう》を情容赦《なさけようしゃ》もなく責めたてた。

「ぼくたちは、きょう君をのけものにしているように見えたにちがいないね」とかれはいった。そしてぼくが異議を申し立てても、軽蔑しているかのように無関心にきき流した。

だがそのあくる日の午後、ぼくたちはいっしょにヒースの曠野《あれの》を散歩した。そしておそらくはあの陽射《ひざ》しが、また五月の空のま新しいみずみずしさのなかのなにかが、かれに過ぎ去った日々のことを思いださせたらしかった。

「きのうの、あのいささか浮世離れしたぼくの友だちを憶えてるかい、リチャード？　君のそのこうるさい礼儀作法にはかなり衝撃的だったようだがね。いや、まあ、ひとつきいてもらいたい話があるんだ」

その伯爵の子供時代の話を、ぼくは思い出せる限りくわしくここに書き綴ってみた。だが惜しいことにぼくはそうしたことに関して、あの古い友人のような天分を持ちあわせてはいない。もしそれがあったならば、この物語を読む人びとにも、それがかれによって語られたときにそなわっていた魅力を、いくらかでも伝えられるかもしれないのだけれども。ともあれ、その魅力は、いまやかれの声の思い出、その友情に満ちた親しさの記憶と、すっかりひとつのものになってしまっているようにも思える。そしてそれらをふたたび生きかえらせるためなのだとしたら、どんなに骨を折ったとしてもそれが重荷になるなどということがあるだろうか？……

――ぼくの一番古い記憶のなかにある家、この地上に生きているかぎり最後まで自分の家だという感じがするだろうと思うその家はね、ひろびろとしたヒースの曠野のはずれの小さな緑の窪地のなかに立っていたんだ。家の二階の五つの窓からは、遠く東のほうに丘の急斜面にそってうねうねとひろがっている村の、風見鶏《かざみどり》のついた塔が見えていたよ。そして古い緑の庭を歩けば——ああ、リチャード、クロッカスにニオイアラセイトウにすみれなんだ！——夕景色《げしき》の小麦畑と、暗い畝《うね》溝のうえにかかる宵《よい》の明星《みょうじょう》が見えた。すこし南をむけば、小さな丘のうえに樅《もみ》の樹や蕨《わらび》のしげる森がうねうねとつづいているのも眼にはいった。

その家も庭も奥深い静まりかえった果樹園も、ぜんぶがある大伯母《おば》から母への結婚祝いの贈りものだったんだ。その大伯母というのはターバンみたいなものを頭に巻いた老婦人でね、食事どきにぼくが背の高い籐椅子《とういす》にすわっていると、その肖像画のなかからずいぶん鋭い抜け目のない眼つきでいつもこっちを見ていたものだった。ときにはかすかな軽蔑さえ浮かべているような気がしたよ。ここでぼくは雲雀《ひばり》の歌をきき、秋の雨と風の嘆《なげ》きに耳を傾けながら、このごたごたと積みかさなった年月の長い最初の九年間を過ごしたわけだ。今でもなお、ぼくは、あのころのままの素朴な眼でもう一度夕暮れの雲の峰をながめたいという想いに胸がふくらむのを覚えるよ。それにやっぱりあのころのままの耳で、緑の小枝に止まった頬白《ほおじろ》が小さな二つの音符を吹き鳴らしているのをききたいという想いにもね。ぼくはあの古い家の部屋という部屋を憶えているよ、急な階段も、林檎《りんご》の匂いのする冷え冷えとした地下室もね。それから流し場のそばに敷いた丸石も、井戸も、年取って死んだぼくの鳥のことも、笛のような音をたてる淋しそうな楡《にれ》の樹のことも。でもなによりもよく憶えているのは、あのたとえようもなく素晴しいヒースの曠野の、あのハリエニシダ、陽《ひ》の光でいっぱいな深い空の天蓋《てんがい》、ありとあらゆる野鳥の天国だった朝の景色だ。

マーサ・ロッドはそのころは、ピューリタンふうの瞑想的な大きな眼をした、蒼白くて重おもしいまじめくさったつまらない女中にすぎなかった。料理番はミセス・ライダーといって、いつもごわごわした青い軍隊更紗《さらさ》を着て、ねじれた金のブローチをつけていた。そのふたりのほかには庭師のトーマス爺さんがいただけだった。(おもてにいて遠くから見ると、まるで木の精みたいに見えたもんだったよ。)それに母さんと、あのちっとも落ち着かない小さな男の子——頭と胃ぶくろと心をいつもうずうずさせていたこのぼくとだ。父はその家では親しい客でしかないように見えた。みんなが熱心に待ちうけていて歓迎するのに、たいして滞在したがらない客そっくりなんだ。父は灰色の眼をしてあごの長い、色の黒い人で、その顔ときたら異常なまでに感情をおもてに出さず、そのくせ並みはずれて変化に富んでいた。父の変わりやすい気分のままに、ぼくらの小さな家族はひっそりと沈みこんだり、おそろしく陽気になったりした。父の気がむきさえすれば呪文《じゅもん》で呼びだすことのできたあの喜びの精を、ぼくはけっして忘れないだろうと思うよ。そんなとき母さんは歌を歌いながら階段を上がったり降りたりしたし、自分の小さな居間でも歌いつづけていた。マーサなどは満足しきって、ぼくが炎を見つめているあいだじゅう料理番とたえまないおしゃべりをしな

がら、肉のかたまりをぐるぐるまわしてバターをつけてはあぶっていたものだった。父がありとあらゆるものに秘密や魔法や謎を見つけだした長い夏の夕暮れどきなどもそうだった。そんなとき、ぼくらは果樹園でいっしょに腰をおろし、ぼくは頭のうえの小さな緑の林檎や曲がった枝々のむこうから射してきはじめた淡い金色の月の光をながめながら、父の話に耳を傾けたものだった。

今となっては古くさい絵みたいな話だがね、リチャード、そのときのありのままのことではあるんだ。

父の意志や言葉、その気まぐれやしかめっつらは、この小さな家族にとっては十戒の掟《おきて》みたいなものだった。母さんにとっては父がその人生の意味のすべてだった。ただあの小さな男の子だけがなんとかひとり自分の世界を作っていて、あれこれと知りたがるのに忙しく、たいていは従順におとなしくしていた。もっとも、ときにはひそかな反抗の苦《にが》い味へとかり立てられることもあった。子供時代にこの子はおそろしい心痛を経験したのだが、その心痛のあまりの深さに、ついまた思い出してあれこれ解きほぐしたりしないようにと、慈悲深い年月がその思い出を取りあげてしまったくらいだった。だがそこにはまた、しばし心を休めることのできる人生の幸福の泉もひそんでいた。ハリエニシダの茂みのなかには妖精たちの緑の館《やかた》があったし、冒険好きな眼をむければ畑の畝溝のあいだを腰のまがった小人《こびと》たちがよろめきながら歩いてゆくのや、魔法にかかった駒鳥《こまどり》たちが跳びはねてゆくのが見えた。空気の精たちは陽射しのなかで高らかに歌い、露の滴のなかから顔をのぞかせていたし、雨が降ってくれば遠い魔法の流れがこだまするのをきくこともできた。

しかしぼくの父はその家ではけっしてゆっくりと落ち着いてはいなかった。何ひとつ父を満足させるものはなかった。極端なものでなければ、父は絶対にだめだったのだ。もし父が自分の不満を隠さなければならないようなことにでもなると、その沈黙には苦にがしい横柄《おうへい》なものが漂《ただよ》い、なにかいえばいったで軽蔑しきった皮肉ばかりになって、ぼくたちはとても耐えきれないくらいだった。しかもこんなときの父は、自分がぼくらにどんな影響を及ぼしているかがわかると、いっそうその軽蔑の念をとぎすますだけだったのだ。

ぼくはある夏の夕方、みんなで苺《いちご》摘みにいったときのことを憶えている。小さな柳細工《ざいく》の籠《かご》をさげたぼくは、香りのいい葉のしたをくまなく捜しては、自分の見つけた「しゅごく」大きな苺を見てもらおうと母さんを呼びたててばかりいた。マーサはぼくのそばで、両手をせいいっぱい動かしても小さな御主人様の手助けにまにあわないことにいらだちながら、忙《せわ》しく動きまわっていた。母さんとぼくたちはむちゅうになって競走をしていたのだが、父はぼくたちを助けていっしょに摘んでくれた。よく熟したのがあるたびに、父は母さんを腕に抱いて、むりやりその唇のあいだに押しこんだ。鳥たちについばまれた分ぜんぶについて、牧神《パン》への奉納の歌を作ったりもした。やがて太陽が丘のむこうに沈んで楡の梢のミヤマガラスたちの騒ぎもしずまってくると、父は母さんを腕に抱きかかえ、そうしてぼくたちはみんなで列を作って長いまがりくねった小道をのぼり、草を踏みわけて、冷え冷えとした薄暗い廊下まで戦利品を運んでもどった。その薄闇のなかを通ってゆきながら、ぼくは母さんが衝動的に身をかがめて父の腕に接吻するのを見た。すると父はいらだたしげに母さんの手を払いのけて、書斎にはいっていった。ぼくはドアが締まるのをきいた。そしてすぐに蠟燭《ろうそく》を持ってこいという父の声がした。そのとき、薄闇のなかでほかのふたりの顔を見上げながら、ぼくは子供の直観で、父がとつぜんぼくたちみんなに死ぬほど飽《あ》きあきしてしまったのだということを知った。そして母さんも同じことを感じているのがぼくにはわかった。母さんは自分の小さな居間にもどって腰をおろし、ぼくをそばにすわらせて縫物を手にとった。だが白い亜麻《あま》布のうえにかがみこんだその顔からは、さっきの少女のような表情はまたもやすっかり消えうせてしまっていた。

母さんは父がいないときのほうがしあわせだったのではないかとぼくは思う。なぜならそういうときには、父の変わりやすい気まぐれを満足させようとやきもきすることから解放されて、父の帰りを楽しみにして待ちながら準備にいそしんで楽しむことができたからだ。庭には小さな緑色のあずまやがあったが、夕空を燕《つばめ》が飛びかっているころなど、母さんはよくひとりでそこにすわっていた。ときにはまたぼくを長い散歩に連れだすこともあったが、ぼくがおしゃべりをしてもぼんやりときいているばかりで、どうやらいつも、思いがけなく父がもどってきて今この瞬間にもぼくたちに「ただいま」をいおうと待っているかもしれないと想像して楽しむことだけにむちゅうになっているように思えた。しかしそうした空想はいつも母さんを裏切った。すると母さんはぼくにむかっても冷たい厳しい調子でしか話さなくなり、まじめくさっているからといってはマーサを叱り、ほんのすこし前まで白昼夢《はくちゅうむ》に見ていたことがみんなつまらないばかげたことにしか見えなくなったのを悟るのだった。

父が家を留守にして長いあいだどこにいたのか、母さんはほとんど知らなかったのではないかとぼくは思う。一週間ぼくたちといっしょにいたかと思うと、かれは、今度はひと月ものあいだ姿を見せなかったりした。いろいろ問いただすには母さんはあまりに自尊心が強すぎたし、父がそばにいると幸福と希望でいっぱいになって、そんなことをしようとも思わなくなるようだった。そして父のほうは、自分のしていることを母さんに秘密にしておくのを楽しんでいるように見えた。じっさい、父はときどきなにもないのに謎めいたそぶりをしているのではないかと思えたし、ありとあらゆるやりかたで自分の性格やふるまいを空想的で説明のつかないものにしようと努めているようにも見えた。

そんなふうにして、ときが過ぎていった。しかしひと月ひと月と経ってゆくにつれて、家のなかは以前ほど楽しくもなければ幸福でもなくなったように思えてきた。なにかが薄れて消えてしまって、もうもどってこないという、そんな感じなのだ。よそよそしさがいちだんと深まってきた。気苦労が母さんの心から以前の陽気さのまねごとまでをも奪いさったかのように、ぼくには思えた。

荒涼とした胸のなかにふたたび愛があふれ出してきたりしないようにと、母さんはその心に封印をしてしまっていた。

　ガイ・フォークスのお祭りの晩のこと、ぼくがベッドにはいろうとしていると、マーサがヒースの曠野のむこうの村に新しい家族がひっこしてきたと教えてくれた。そしてそれからというもの、父はめったに家を留守にしなくなった。

　はじめ母さんは自分で思いついて作った御馳走《ごちそう》や、黒い髪に飾ったリボン、新しい歌（小さなか細い声しか持っていなかったのだけど）など、ありとあらゆるやりかたで歓びを表現した。父を喜ばせようと本も読んだし、父のための役にもたたない走り使いでぼくの足をへとへとに疲れさせたりもした。そしてひと言《こと》ほめてもらいさえすれば、何時間苦労してもそれで十分だと母さんには思えたのだ。しかしそのうち、しだいしだいに父が家を空ける晩が重なってゆくにつれて、母さんは落ち着かなくなり、げんきをなくしていった。愚痴ひとついいはしなかったが、その心配そうな顔とたえずなにかを問いかけているような眼は、父をこのうえなくいらいらさせ、うるさがらせた。

「父さんは晩ごはんのあと、いつもどこへゆくの？」とぼくはある晩マーサにきいたが、そのときぼくの寝室には母さんもいて、ぼくの着物をたたんでいるところだった。

「なんてことをきくの、おまえ？」と母さんはいった。「それにおまえも、どうしてこんな子供に旦那《だんな》さまのことをあれこれ話したりするの？」

ねた。

「でも、どこへゆくのかな?」とぼくは、母さんが部屋を出ていってから、もう一度マーサにたず

「シーッ、ニコラスぼっちゃん」とマーサは答えた。「お母さまがおっしゃったのをお聞きにならなかったんですか? お母さまはお困りなんですよ、お気の毒に。それというのも、旦那さまが一日じゅうお家にいらっしゃらずに、毎晩グレイさんとこでトランプばっかりしていらっしゃるからなんです。夜中の十二時や一時になってやっと窓のしたの敷石のところに帰っていらっしゃる足音がきこえるのがしょっちゅうですからね。でも、うけあってもよろしいですけど、お母さまはけっしてきついことをおっしゃるおつもりはないんですよ。やきもちっていうのはおそろしく苦しいものですからね、ニコラスぼっちゃん。そんなめにあわせるなんて不親切で男らしくないことですよ。ライダーさんなんかやきもちを焼いてたおかげでずっとやもめ暮らしをしてたんですよ。二度目の旦那さんと式をあげるほんの一週間前になってもまだ気がおさまらなかったくらいですからね」

「でもお父さんがトランプをしにいくからって、どうしてお母さんがやきもちを焼いたりするの?」

マーサは寝まきをぼくの頭からすっぽりかぶせた。「シーッ、ニコラスぼっちゃん、小さな坊やがそんなことをきくもんじゃありません。けどね、ぼっちゃん、大きくなって大人《おとな》になったら、お母さまのなぐさめになってさしあげて下さいね。お母さまにはそれがおいりようなんですよ、おか

わいそうに。ああ、それも今、このたった今にもね！」ぼくは好奇心でいっぱいになってマーサの顔を見つめたが、マーサは手でぼくの眼をふさいでしまった。そこでぼくはもうそれ以上なにもきかずに寝る前のお祈りをした。

　こんなことがあってから二、三日して、ぼくが母さんの居間で灰色の毛糸を巻くのを手伝っていると、父がはいってきてぼくに帽子とマフラーを取ってこいといった。「いっしょに連れてゆく」と父はそっけなく説明した。部屋を出ようとしたとき、ぼくは母さんが「グレンジのお友だちのところへいらっしゃるの？」とたずねたのを耳にした。

「何とでも好きなように考えたまえ」と父は答えた。ぼくは母さんが立ち上がって部屋を出ようとする音をきいたが、父は母さんを呼びもどし、ドアは締められてしまった……

　トランプ遊びの人たちが集まっていたのはとても天井《てんじょう》の低いへやだった。窓のそばにはピアノがあり、暖炉のそばには紫檀のテーブルがあって、そのうえには深い緋《ひ》色のきれいな裁縫籠がおいてあった。そこからすこし離れたところにカード・テーブルがあって、そのうえでは蠟燭が燃えていた。グレイ氏は高い狭い額と長い指をした、すらりとした上品な人だった。オーブリー少佐は背が低くて赤ら顔の、どちらかというと無口な人だった。もうひとり、もっと若い金髪の青年もいた。かれらはお互いにとても親しい間柄であるらしかった。ぼくはグレイ氏といっしょにシェリー酒をすすりながら、カードをまとめたり銀貨を積んだりするのを手伝った。父はほとんど口をきかず、ぼくにはぜんぜん注意を払わずに、ほんのすこし眉をしかめて重おもしいようすでゲームに熱中していた。

しばらくするとドアが開いて、女の人がひとり姿をあらわした。ぼくはそれがグレイ氏の妹さんでジェーンという人だと教えてもらった。彼女は自分の仕事机の前に腰をおろすと、ぼくをそばにひきよせた。

「それじゃあなたがニコラスなのね！」とジェーンはいった。「それともニックかしら？」

「ニコラスだよ」とぼくはいった。

「もちろんそうね」とジェーンはほほえみながらいった。「あたしもそのほうがずっと好きよ。あたしに会いにきてくれるなんてほんとにうれしいわ。仲良くして下さるんでしょ、あ、た、し、と。だってあたしゲームが下手《へた》なんですもの。でもおしゃべりは好きなの。あなたは？」

ぼくはジェーンの眼をのぞきこみ、ふたりが友だち同士なのだということを知った。ジェーンは唇をほころばせてふたたびほほえみ、指ぬきでぼくの口もとにさわった。「さあ、それじゃまずは仕事が先――あたしのことはあとね。あたしね、三種類のお菓子を作ったの。どんなのが一番お好きかわからないと思ったからよ。もうわかるわね？　きて選んでちょうだいね」

ジェーンは立ち上がって狭い戸棚の長細い扉を開きながら、身を屈めてちらっとトランプ遊びの人たちのほうをながめやった。ぼくは今でもあのときのお菓子を憶えている。蜂《はち》の巣模様の型を押した小さな楕円型のクッキー、カスタードにミンス・パイ、小さな四角いテーブルのところまでぼくが両手で運んだ、キャンデーのはいった大きなガラスの壺。ぼくがミンス・パイをとってミス・グレイのそばの足台にすわると、彼女はしなやかな手で刺繍をしながらいろいろと話しかけてきた。ぼくはジェーンに自分の歳《とし》を教えた。それからぼくの大伯母さんのこと、大伯母さんの三匹の猫のこと。またぼくの見た夢のこと、ヨークシャー・プディングが——「焼肉のしたに敷いてある、あれだよ」——大好きだということも話した。そしてまた、ぼくが父のことをこれまで会った人のうちで一番ハンサムだと思っているということもいった。

「まあ、スペンサーさんよりハンサムだと思うの?」とジェーンは針を見つめながら笑っていった。

ぼくは牧師というのはだいたいあまり好きじゃないのだと答えた。

「まあ、どうして?」とジェーンは真面目《まじめ》な調子でいった。

「だってあの人たちのいうことはほんとうじゃないんだもの」とぼくは答えた。

ジェーンははなやかに笑って「男の人ってみんなそうだわ」といった。

ジェーンの声はとても静かで音楽のようで、おまけにとても優雅な首筋をしていたので、ぼくは彼女をとても美しい人だと思った。とりわけ輝くようにそのくせ半分悲しそうにほほえみながらぼくを見つめる黒い瞳がすばらしかった。ぼくはまた、もし曠野に出てきてくれるなら養兎場と「水

車場の池」に連れていってあげるとも約束した。

「さあ、ジェーン、ぼくの息子をどう思うね?」と帰りがけに父はジェーンにきいた。

ジェーンはかがみこんでぼくの手のなかに幸運の四ペンス銀貨を押し込んだ。そして「あたし四ペンスが好きなの、小さなかわいい四ペンスが。自分の命よりもっと好きなの」とぼくの耳もとでささやいた。「でも、これはないしょよ」と彼女はつけ加え、肩ごしにちらっとうえを見た。そしてぼくの頭のてっぺんに軽くキスをした。ジェーンがぼくを愛撫しているあいだ、ぼくは父のほうを見ていた。そしてその顔にかすかな冷笑が浮かんで消えたのを見たように思った。しかし、やがて村を出て曠野に足を踏みいれ、荒涼とした身を切るような夜の空気のなかを、ハリエニシダの茂みをわけ、芝草を、そして石だらけの地面を踏んでつづく小道をたどりはじめると、父はこれまでに一度もなかったほどすばらしい友だちになったように見えた。父は小さなお話をたくさんしてくれた。もっとも話しはじめたのは百ほどもあったが、どれひとつとして終りにはたどりつかなかった。頭上には星々がまるでさまざまな色に輝く糸に通したビーズのように光っていた。ぼくたちはひろびろとした闇のなかに静かに立ち、かれは古いさまざまな歌のなかでも一番不思議な歌――「セイレーンの唄」を口笛で吹いた。父はぼくの考えを盗みとり、まるでぼくの分身ででもあるかのようにしゃべった。しかしそのうち――なんて早く着いてしまったんだろうとぼくの心は沈んだ――家の門のところまでくると、父はきゅうに黙り、一瞬うしろをむいて風の吹きすさぶ曠野をはるかに見わたした。

「ああ、もういやだ、うんざりする——」と父はいいはじめたが、ぎこちない笑いとため息とがその言葉をとだえさせた。「よくきくんだよ、ニコラス」と父はぼくの顔を星明かりのほうへむけながらいった。「おまえは大人にならなくちゃいけない——ちゃんとした大人だ、わかるな。からいばりや気取りや気まぐれはだめだぞ。なによりいけないのはごまかしだ。ごまかしはだめだ。このびくともしない世のなかで、それだけがおまえに与えられた可能性なんだからな」父はぼくの顔を長いあいだまじまじと見ていた。「おまえの母親そっくりの眼をしているんだな、それに」と父は考え込むようにいった。そして小さな声で「いや、こいつは冗談じゃない」とつけくわえた。父はきしる扉を押しあけ、ぼくたちはなかにはいった。

母さんは消えかかった陰気な火を前にして、低い椅子にすわっていた。

「あら、ニック」と母さんは優しくいった。「今晩は楽しかった？」

ぼくは返事をしないで母さんを見つめていた。「おじさまたちとトランプをしたの？　それとも音楽でもやっていたの？」

「ミス・グレイとおしゃべりをしてたの」とぼくはいった。

「まあ、ほんと」と母さんは眉をあげながらいった。「ところでミス・グレイってどなたなの？」

父は眼をきらきらさせながらぼくたちのほうを見てほほえんでいた。

「グレイさんの妹さんだよ」とぼくは低い声でいった。

「それじゃ奥さまじゃないのね？」と母さんは、ちらっと火のほうに眼をそらしながらいった。ぼくはわけがわからなくなって父のほうを見たが、父の膝よりうえへは眼を上げることができなかった。

「おばかさんだね！」と父は笑いながら母さんにむかっていった。「たいした名射手だよ！　心配いらないよ、ニック殿、さあベッドへ走った走った」

ぼくが母さんの椅子の脇を通り抜けて行こうとすると、母さんは乱暴にぼくの袖をつかんだ。「おやすみのキスもしてくれないっていうの、それじゃ？」と母さんは薄い下唇を震わせながら怒っていった。「おまえまでが！」ぼくは母さんの頰にキスした。「ああ、それでけっこうよ」と母さんはあざ笑うようにいった。「小さなお魚みたいなキスだわね」そして母さんは立ちあがってスカートをつまみ、「この部屋にいるのはごめんですわ」と高飛車《たかびしゃ》にいい捨ててすすり泣きながら出ていってしまった。

父はほほえみつづけていたが、そのほほえみはとつぜんのできごとに消し忘れられたものにすぎなかった。父があまり静かに立っているので、ぼくは自分の考えていることが父にきこえるのではないかと心配になってしまった。やがてため息のようなものをひとつつくと、父は母さんの書きもの机の前にすわり、一枚の紙に鉛筆で二言《こと》三言《こと》書きつけた。

「さあ、ニコラス、これを持って母さんのドアを叩いてきておくれ。じゃあおやすみ」父はぼくの手をとってほほえみながらぼくの眼のなかをのぞきこんだが、その表情にはひそかで限りない訴えがこめられており、ぼくはたちまち父の味方につく気になってしまった。ぼくは大得意で二階へ急ぎ、伝言をわたした。母さんは泣きながらドアを開けてくれた。

「なあに?」と母さんは低い震える声でいった。

だがやがて、ぼくがまだ暗い廊下でぐずぐずしていると、母さんがすばやく駆けおりてゆく足音がきこえた。そしてすこしたつと母さんは父とふたり腕を組んで二階にあがってきたが、そのときの母さんの軽やかな声と笑いをきけば、誰だって心配や苦労などなにひとつ知らないにちがいないと思っただろう。

そのあくる朝、ぼくたちといっしょに朝食のテーブルについたときほど若わかしくて陽気な母さんは、その後ついに一度も見ることができなかった。小さなブロンズの菊の花と蜂の巣模様とに飾られた母さんの黄色いガウンは、まるで細密画のように優美に見えた。なにかひと言《こと》いうたびに、母さんはその眼をそっと父のほうにむけた。そのほほえみはまるで睫《まつげ》のあいだでためらってでもいるかのようだった。ゆうべとはうってかわったその少女のような軽やかさのなかに、あの疲れ果てた土気色の顔を見出すことはほとんど不可能だった。父もまたぼくと同様、母さんのこの上きげんなようすに喜びもし、安心もしているようだった。そしてさらにその気分をもりたてようと工夫《くふう》をこらして喜んでいるようでもあった。

だがそれも陽ざしの明るい朝のつかのまのことにすぎず、短い陰気な一日が暮れてゆくにつれて、家のなかには暗い影が忍びこんできた。夕方になると父はまたいつものようにぼくたちを残していってしまった。その夜、ヒースの曠野には濃い霧がたちこめ、こまかい暖かな雨が降りつづいた。

そんなわけでぼくはますますひとりっきりでほうっておかれるようになり、ついにはいつのまにか自分ひとりの狭い世界で小さな考えや心配ごとをかかえているのにすっかり慣れきってしまって、哀れみよりも批判することのほうを先におぼえ、母さんの不幸もほとんど無関心にながめるようになってしまった。だからクリスマスになって父がやっぱり家をあけ、ぼくたちの小さなお祭り騒ぎが気の抜けたものになったときも、ぼくはたいしてがっかりなどしなかったように思う。おいしい食べものならたくさんあったし、贈りものもあったし、マーサからは絵本ももらった。それから新しい揺り木馬も手にいれた——あれから何年もたつというのに、あのすりへってまだらになった顔は、今もまるで変わらない無感動な表情でぼくを見つめるんだよ！——そのころ、お天気はさわやかでよく晴れていて、ちょうど聖スティーヴンの日にぼくは水車場の池へ氷がはっていないどうか見に出かけていった。

池の一番むこうの端にかがみこんでもろい氷のかけらを指で割っていたとき、ぼくは静かな空気をつらぬいて誰かがぼくを呼んでいるのを耳にした。それはジェーン・グレイで、じっさいに声をあげて呼んだのは彼女といっしょに曠野を歩いてきたぼくの父だったが、遠くから水のそばにかがみこんだぼくを見つけたのは彼女だった。

「ほら、あたし約束を守ったでしょ」と彼女はぼくの手をとりながらいった。

「でもひとりでくるって約束だったよ」とぼくはいった。

「そうね、じゃあそうするわ」とジェーンはうなずいた。そして父のほうをむいて「さよなら」といった。「三人じゃだめなの、わかるでしょ。ニコラスに家まで送ってもらってお茶にするわ。よろしかったら夕方ニコラスを迎えにいらして。あの、もしいらっしゃるのならよ」

「きてくれと頼んでいるのかね?」と父は不きげんそうにいった。「それともきてもこなくてもどうでもいいということなのかね?」

するとジェーンは顔をあげて、「あなたはあたしのお友だちだわ」と真面目な口調で答えた。「だから、もちろんあなたがいっしょにいてくださるかどうかは大切なことよ」かれは半分閉じた瞼のあいだからつくづくと彼女を見つめた。その顔はとげとげしく、暗い倦怠にとざされていた。

「しかつめらしいジェーンさんは竪琴をかなでるようにおしゃべりになるね。君はぼくがまだ十代の若僧だとでも思ってるのかい? 二十年も昔のことだよ、もう——君たち女がしゃべるのをきくのはまったくおもしろいよ。物事をほんとうに感じとることなどろくにないんだからな」

「あたし自分がまったく感受性に欠けているとは思わないわ」とジェーンは答えた。「あなたはちょっとばかり気むずかしいのよ、おわかりでしょうけど」

「気むずかしいさ」と父は嘲るようにくりかえした。そして、ちょっと肩をすくめて自分を抑えた。「わかるかね、ジェーン、そんなことはみんなうわっつらにすぎないんだよ。ぼくは自分の冷淡さを誇りに思うね。年をとれば誰にでもわかるちょっとした哲学だよ。英雄的になるのはやさしいさ――愛想がよくて鉄灰色の髪をして口がうまくて劇的にふるまう――そんなふうになるのはね――そういうのが魅力的だというんだろう、ちがうかね？　しかしけっきょく人生は喜劇なんだよ。笑うのをやめれば退屈な笑劇《ファルス》にすぎないさ。さもなければ金鍍金《めっき》がはげて、そのしたから三文悲劇が顔を出すかだね。だからこうして話していても、今もいったように感受性なんてものはもう通りすぎてしまっているのさ。たくさんあった希望もやがてはひとつまたひとつと手元に逆もどりしてきてしまうし、妄想は自分の正体を悟り、神秘もつまらない手品だったとわかるだけだよ。年齢の問題さ、ジェーン――年齢だけのね。それは人間を石に変えてしまうんだよ。君たち若い者にとっては人生は夢だろうさ。そこにいるニコラスにきいてみるがいい！」かれは肩をすくめ、それからききとれないような声でこうつけたした。「だが目をさましてみれば、おそろしく堅い藁蒲団《わらぶとん》のうえにいるとわかるだけさ」

「もちろん」とジェーンはゆっくりいった。「あなたは雄弁を楽しむためにそんなことをおっしゃってるだけで、それがほんとうであろうとなかろうとどうでもいいんだわね。ええ、そうよ。あたしにはなんともいえないわ。あなたがほんとうにそう考えていらっしゃるとは思えないし、だからそんなこと無意味なのよ。あなたがもうほとんどなにも感じなくなってるなんて信じられない――とても信じられないわ」ジェーンはほほえみつづけていたが、ぼくにはその眼のなかで涙が光っているように思えた。「そんなことみんなでっちあげのごまかしだわ。あたしたちはあなたがそう思いこもうとしてらっしゃるような、そんなみじめな時間の奴隷なんかじゃないもの。それに打ち勝ってゆく道がかならずあるにちがいないわ」ジェーンは顔をそらし、ゆっくりと言葉をつづけた。「あなたがあたしにおっしゃりたいのは、恐れるな、真実であれ、心のままに語れっていうことなんだわ。そうでしょ？」

父はジェーンのほうを見ようとせず、なかば差し出され、すぐにすばやくひっこめられた手にも気がつかないようすだった。「本当のところをいえばね、ジェーン」と父はゆっくり口を開いた。「ぼくはもう真実であることなど通りすぎてしまっているんだよ。それに心などというものは、四十歳ともなるともうまったく信用のおけない器官にすぎないさ。人生、思想、ひとりよがり、利己主義、まあなんとでもいってくれていいが、そういったものがよってたかってぼくをすっかりだめにしてしまったんだよ。そうじゃないふりをするほどの感情癖も、じっさいいって持ちあわせてはいないもんでね。輝かしい若さと感情が過ぎ去ってしまったら、そう、汝《なれ》もまた過ぎゆくべし、いとしきひとよ、だ！　存在はやがては厚かましい空虚以外の何物でもなくなるよ。もっともいつだって角をまがれば、あの退屈で埃っぽい道が——忘却という道が残されているにはいるがね」父は一瞬口をつぐんだ。深いよそよそしい沈黙がぼくたちのまわりにたれこめた。空気はそよともせず、冬の空はなんともいいようがないほど穏かだった。そこへあの低い落ち着きはらった声がまたきこえてきた。「まあそれは正しいことがあまりにもたやすい、つまらない、やる値打ちもないことのように見えるときだけ、まちがったことがばかげた——そして退屈なものに見えるときだけのことさ……この人に気をつけてあげるんだぞ。気をつけてな。ちびすけくんにのろのろくんといったところだ。じゃあまた《オー・ルヴォアール》、とまあいっておくか。さようならといいたいような気もするがね」

ジェーン・グレイは注意深く父を見つめた。そして「それじゃ、あたしもおんなじことを申しますわ」と低い声で答えた。「だって、あたしはあなたがまるっきりわからないんですもの。たぶんわかりたくないのかもしれませんわ」

父は気取ったような笑い声をあげてむこうを向き、そのままいってしまった。

ミス・グレイとぼくは霜のおりた太藺《ふとい》のしげみに沿って、森のところまでゆっくりと歩いていった。蕨《わらび》やヒースはすっかり枯れしおれてしまっていた。地面は秋の雨をいっぱいに吸って黒ずんでいた。樅《もみ》の樹の濃い緑の枝々の下の苔の上には、こぼれた実が散らばっていた。まわりじゅうどこを見ても冬の午後の静けさばかりだった。遠くのほうではしわがれた声のミヤマガラスの群れが、耕された地面からのんびりと飛び立ったり、また降りてきたりしていた。みずぼらしい翼をひろげて蒼白い空の高みをわたってゆくのも何羽かいた。

「お父さん、さようならといいたいなんていってたけど、どういうことなのかしら?」とぼくはきいた。

だが、ぼくのつれは言葉ではそれに答えてくれず、かわりにぼくの手を握りしめた。ぼくと並んで堅くなった地面を歩いている彼女は、とてもほっそりとして優雅だった。それとくらべると、心のなかの母さんの姿はいつのまにか見苦しい小さなものになってしまっていた。ぼくは彼女に氷のことや、夕焼け空のことや、森にやどり木があるかどうかということなどを片っぱしからたずねた。ときには反対に彼女のほうがぼくに質問をしたが、ぼくがそれに答えるたびに、ぼくたちは顔を見あわせて笑い、それを見ると彼女もぼくと同じ気持でいる——いっしょにいることにまじりけのない楽しみを味わっている——らしいことがわかった。いばら荘への道の半分くらいまできたとき、彼女は冷たい夕暮れの光のなかで身をかがめ、ぼくの肩に両手をかけて「大好きな大好きなニコラス」といった。「あなたはお母さまのいい息子にならなくちゃだめよ。勇敢で優しい子にね。いいわね?」

「お父さんはお母さんともうほとんど口をきかないよ」とぼくは本能的にそういった。

するとと彼女はぼくの頬に唇を押しつけ、ぼくも同じようにしたが、ぼくの唇に触れた彼女の頬は冷たかった。彼女はぼくを腕に抱き、「キスをしてちょうだい」といった。そして、なおもぼくを抱きしめながら、「あたしたち、できるだけのことをしなくちゃいけないわ、そうでしょ?」と訴えるようにつけくわえた。ぼくは悲しさでいっぱいになって、深まってゆく夕闇を見つめ、「大人になれば簡単にできるよ」と答えた。彼女は笑ってもう一度ぼくにキスし、それからぼくたちは手に手をとっていばら荘の遠い灯《あか》りをめざして、息が切れるまで走った……

母さんがまっ暗ななかで足音をしのばせながらぼくの部屋にはいってきたとき、ぼくは暖かいベッドのなかでまだ眼をさましていた。母さんは気ぜわしげにあえぎながらベッドのそばに腰をおろし、「今晩ずっと、いったいどこへいっていたの?」とぼくにきいた。

「ミス・グレイがお茶を飲んでいきなさいっていったの」とぼくは答えた。

「ミス・グレイのところへお茶を飲みにいってもいいといった?」

ぼくは答えなかった。

「もしまたあの家へいったりしたら、ぶちますよ。きいてるの、ニコラス? ひとりででもお父さんといっしょにでも、わたしの許しなしにまたいったりしたら、ぶちますからね。もうずいぶん長く鞭でぶたれたことはなかったわね?」ぼくには母さんの顔は見えなかったが、闇のなかでベッドのそばにすわった母さんが――ほとんどうずくまるようにして――ぼくのからだのうえに頭をたれているのは見わけることができた。

ぼくは返事をしなかった。しかしやがて母さんがキスもしてくれずにいってしまったとき、ぼくは枕に顔を押しあてて声をたてずに泣いた。思い出のなかで歌を歌っていたものがとつぜん流れ去ってしまい、二度とその声をきくことができないのだということがぼくにはわかった。人生はほんのわずかとはいえ、より冷たいよそよそしいものになった。それ以前にもぼくはいつもたいていひとりぼっちだったが、いまや世界とぼくのあいだには、世界の無頓着《むとんちゃく》さをもってしても、ぼくの理解力をもってしても、いっこうにくずれそうにない、新しい感情の壁が立ちはだかっていた。

いまや、なにか激しい争いなしに一週間がすぎることは珍しいくらいになっていた。ぼくは怒った声がきこえてこないほうへとこそこそ逃げまわってばかりいたようだった。父の冷ややかな嘲りの的《まと》にされるのは恐かったし、母さんのかんしゃくや絶望にかられた自責の念を浴びせかけられるのも恐ろしかった。父は弁解するのもばかばかしいといったようすで、けっして母さんと話しあおうとせず、詰問を拒み、怒りを無視して、ただ肩をすくめるばかりだった。そして自分の無関心ぶりを見せつけることと、力のおよぶかぎりありとあらゆる手段で内心の倦怠といらだちを隠すことだけにひややかな熱中ぶりを示していた。もちろん、ぼくにはこんなことはぼんやりとわかっていただけだったが、自分のみじめさの理由もほとんど知らないでなんとなくわかっていたのは、子供なら誰でもが持っている確かな直観のせいだった。そしてぼくは、こうした両親をぼくなりの自分本位なやりかたでではあるが、すこしも変わらず愛しつづけていた。

とうとう聖バレンタインの日に、事態はいっそうひどくなってしまった。それまでだと、父はいつもバレンタインの贈物を、真珠の首飾りであれ、扇であれ、詩の本であれ何であれ、母さんの小さな居間のドアのノブにぶらさげておくのを習慣にしていた。この朝、母さんは早くから階下《した》に降りてきて窓ぎわに腰かけ、降りしきる雪を見つめていた。朝食のときも母さんは口をきかずに食べるふりを装い、ときおり足で床を鳴らしながら奇妙に激しい、まるで憎しみをこめたような眼つきを父のほうへむけるばかりだった。父はそれに注意を払おうとはせず、ただ静かに腰をおろしてむっつりと考えにふけりつづけていた。それからずっとのちになって、ぼくは父の古い書きもの机のなかからその一週間ほど前に買った腕輪を見つけだしたのだし、その箱のなかには母さんの名前を書いた紙きれもはいっていたのだから、父がこの日を本当に忘れていたのだとは思えない。だが母さんの理性を失わせたのはやはりこの小さな贈物がなかったということだったようだ。

夕方ごろ、家のなかにも飽き、ひとりでいることにも飽きたぼくは、そとへ出てしばらく雪のなかで遊ぶともなく遊んでいた。夜がきて家へはいろうとしたとき、暗がりのなかでぼくは争っている声をきいてしまった。父は食堂から出てきて、もの寂しい夕闇のなかに立ち、黙ってぼくを見つめた。そのうしろから母さんが出てきた。母さんは戸口のところによりかかったが、見るとその顔は怒りで蒼白になっており、眼のまわりにはうちつづく苦労で黒いくまができ、手はぶるぶるとふるえていた。

「あなたを憎むように教えてやるわ」と母さんは低い力ない声で叫んだ。「いつでもあなたを憎み、軽蔑するように教えてやるわ、あたしと同じに――ああ、あたしあなたを憎んでるわ、軽蔑してるわ」

父は返事をする前に、静かにじっと母さんを見つめた。そして布製の帽子をとりあげ、手でそれをはたいた。「それならそれでいい。おまえの選んだことだ」と父は冷たくいった。「常にそれはおまえの仕事だったのだからな。おまえは大げさに騒ぎたて、わめき散らしたかと思うと、とうとう二度と取り消せない、忘れてしまえないことをいった。ここにニコラスもいる。だがぼくが弁解しているなどとは思ってもらいたくない。弁解することなどなにもありはしない。ぼくが考えているのは自分のことだけだ――誰のことでもない。ぼくを理解しようとする者などいりはしない。たぶんおまえ自身――くらべてみれば――。いやまた言葉ばかりになる――退屈なくりかえしにはもう飽きた！」かれは手を振って独特な身振りをした。「まあ人生などと……ああ！　もうおしまいだな。まあ、それもいいさ」父はドアのそとを見つめた。そして「ほらごらん。雪が降ってるよ」とまるでひとりごとのようにつけくわえた。

雪はその前の夜から降りはじめて、その日一日ずっと休みなしに降りつづけていた。そとはものさびしく、寒ざむとしていた。玄関《ポーチ》よりむこうに見えるのはたそがれの空に重苦しくたれこめた雲ばかりで、それも今はもつれあうように降ってくる雪におおわれてすっかり暗くなってしまっていた。父は一瞬家のなかをふりかえったが、そのときぼくのほうを見た眼つきには、奇妙な熱意がこめられていたように思う。だがかれはそのままそとへ出てしまい、その足音はすぐにきこえなくなった。

母さんはおそろしくとりみだしてぼくを見つめたが、その眼は恐怖と後悔とで大きく見開かれていた。「どうしたの？　なにがあったの？」と母さんはいった。ぼくは感覚を失ったようになって母さんを見あげた。そのとき、雪片が三つばかり、陰鬱な戸外から薄暗い玄関の間《ホール》へと軽やかに舞いながらとびこんできた。母さんは握りしめた手を口にあてた。そのかぼそい指はたくさんの指輪で、まるで耐えきれぬほどの重荷を背負っているかのように見えた。

「ニコラス、ニコラス、教えて。わたし、なにをいったの？　なにをいっていたの？」母さんはあわただしくドアからよろめき出た。そして玄関《ポーチ》に立って「アーサー、アーサー」と叫んだ。「きょうが聖バレンタインの日だってことだけよ、わたしがいいたかったのは。もどってきて、もどってきてよ！」だが、父はもう声のきこえないところまでいってしまっていたらしく、なにか返事があったようには思えなかった。

母さんは壁に手をつきながら、あやふやな足どりでもどってきた。そしてゆっくりとからだをひきずるようにして二階へあがっていった。そしてぼくがまだ階段のしたに立って、ホールのむこうをとざす夜の光景を見つめているうちに、台所のほうから火をつけた小さな蠟燭を持ったマーサがまじめくさった顔でやってきて、ドアをしめてから玄関《ホール》の間のランプに灯をいれた。台所からはもうとっくに御馳走を作っているいい匂いが漂ってきていて、ぼくは心が浮きたつのをおぼえた。

「旦那さまはおもどりになるのでしょうか？」とマーサはいったが、その顔は蠟燭の光のなかでひどくおびえているように見えた。「ずいぶん降ってますのに。窓敷居のうえでも、もう手の幅くらい積もってますよ。ああ、ニコラスぼっちゃん、あたしども女にとってはつらい世のなかですよ」

そしてマーサは二階の暗い部屋ぜんぶに灯をつけようと母さんのあとについてあがっていった。

ぼくは食堂の窓ぎわに腰かけて絵本をひろげ、火明かりでなんとか絵をたどっていた。しばらくすると、マーサがもどってきてテーブルの用意をはじめた。

ぼくのそれ以前の短い記憶をたどれるかぎり、バレンタインの日にお祝いの御馳走を食べるのはぼくの家の習慣だった。その日はまたぼくの父のお母さんの誕生日でもあった。お祖母さんがまだ生きていたころぼくたちのところへ訪ねてきたのをぼくはよく憶えているが、いっしょにきたお相手役のミス・シュライナーはとても愛想のいい英語でぼくに話しかけてきたものだった。この同じ記念日のおかげで、去年は、喧嘩をしていた父と母さんとがすっかり仲なおりをしたが、思えばそのころは喧嘩といってもごくささいなものにすぎなかったのだ。またぼくは、この日にアーモンドの樹の枝に堅くとじた蕾《つぼみ》をはじめて見つけたのもおぼえている。いつもぼくたちは、クリスマスのときと同じように、大きなきらきら光るケーキをテーブルのまんなかに置き、巴旦杏菓子《はたんきょう》やボンボンでまわりを飾った。また、メリー夫人が村に住んでいたころには、夫人の小さなかわいい娘たちが、ぼくといっしょに夜をすごしてバレンタインの御馳走を食べるために、大きな馬車に乗ってやってきたものだった。

しかし、こうしたこともすっかり変ってしまっていた。ぼくは以前より鋭くものがわかるようになっていたけれども、それはかえってぼくをぼんやりさせるばかりだった。かつて抱いていた希望や夢も、いささか色あせて衰えかかってきていた。ぼくは絵本を見るともなしに見ていたが、色とりどりのその絵が以前ほど自分を喜ばせないことにもうすうす気がついていた。ぼくがそれらの絵を見るのにいささか飽きてきたのと同様に、絵のほうでもぼくを見るのに飽きてきていたのだ。それでもほかになにもすることがなかったので、ぼくは退屈のあまりむずかしい顔をしながらも、つぎつぎとページをくってゆかなければならなかった。

七時ごろになって、ぼくは母さんに呼ばれた。いってみると、母さんは寝室に腰をおろしていた。鏡の前で蠟燭が燃えていた。母さんはもうとっくにきれいな黒い絹の服に着がえ、真珠の首飾りをつけていた。母さんはぼくの髪にブラシをかけて、指で端にカールをこしらえはじめたが、その指を湿らせるのに使っている桃色の鉢は、ぼくがこの世に生まれて最初にながめたもののひとつだった。それから母さんはぼくにきれいなブラウスを着せ、締め金のついた靴をはかせてくれたが、そうしているあいだじゅう、まるでなにか物語をしているような調子で、ひっきりなしにぼくに話しかけてきた。それから母さんは鏡の前に立って、長いあいだ熱心に自分の姿を見つめていた。そしてあごをすこし持ちあげてほほえんだが、それはしゃべるときの母さんのくせだった。ぼくは部屋のなかをうろうろして、テーブルのうえの小さな化粧道具箱や小間物をいじっていた。そして運悪く薔薇水のはいった香水瓶をひっくりかえしてしまった。液体はこぼれて、暖かな室内をその香りでいっぱいにした。「なんてばかな不器用な子なの！」と母さんはいい、ぼくの手を打った。ぼくは泣きだしてしまったが、それは痛みのせいというより、疲れといらだちのせいだった。すると母さんは今度はとほうもなく優しくなって、ぼくの肩のうえに頭をもたせかけ、「母さんは今ちゃんと考えることができないのよ」といった。そして声をしのばせて激しく泣きはじめたので、ぼくは逃げ出すことばかりを考え、抱擁がゆるめられるやいなや部屋から駆け出していった。

ぼくはゆっくりと階段をあがってマーサの寝室へゆき、籐椅子《とういす》のうえに膝をついて、窓のそとをながめた。雪におおわれたヒースの曠野はまだ霧のなかだったが、雪はもうやんでいた。雲は雪のうえで裂けて漂いはじめ、星がそのあいだから顔を出していつもよりも明るくまたたいていた。そして、そこここではぽつんと離れた星が、ひときわ大きく、激しく燃え輝いていた。窓のそとをながめるのには飽きなかったけれども、そのうち膝が痛みだした。それに屋根に近いこの小さな部屋はとても寒くて静かだった。そこでぼくは食堂へ降りていったが、そこではもう七つの燭台に灯がともされていて、暗いところに慣れたぼくの眼には、それは壮麗なまでに眩《まぶ》しく感じられた。母さんは炉ばたの敷物のうえに膝をついていた。ぼくは母さんがとても小さく、小人のように見えると思った。母さんはあごに手をあてて炎をじっと見つめていた。服の裾からは片方の靴がのぞいていた。

ぼくはジェリーや砂糖菓子やグラスや果物の並んだテーブルのうえを見わたし、ひどくおなかがすいているのを感じた。階下から漂ってくる七面鳥の焼ける匂いはあまりにもいい匂いだった。時計が八時をうったとき、マーサがドアを叩いた。

「お夕食の用意ができました、奥さま」

母さんは時計のほうをちらっと見た。「ちょっとだけ、ほんのちょっとだけ待つようにミセス・ライダーにいってちょうだい。旦那さまももうすぐお帰りだから」そして立ち上がると、赤葡萄《ぶどう》酒の瓶《びん》を炉ばたの火からすこし離れたところに置いた。

「あったかいほうがおいしいの、お母さん?」とぼくはきいた。母さんは驚いたような眼でぼくを見てうなずいた。「なにかきこえなかった、ニコラス? ドアのところまで走っていってよく聴いてちょうだい。あれ足音じゃない?」

ぼくはおもてのドアを開けて、闇のなかをのぞきこんだ。世界はまるで暖かさと明るさの届くところまでで終りになっているかのようだった。そのむこうにひろがるのは冬の静けさばかりで、そ

れはぼくには親しいもののはずだったが、なぜかそのときにはまるで果てしない海のように怖ろしく思われた。

「雪はやんでるよ」とぼくはいった。「でもそとには誰もいないよ。人なんてひとりもいやしないよ、お母さん」

時間は十五分また十五分と重い歩みを運んでいった。がっかりしたことに、七面鳥は天火から出して食料室で冷たくなるままに置いておかれることになった。ぼくはぶるぶる震えているジェリーやおいしい桃色のブラマンジェを好きなだけ取って食べてもいいことになった。もうとっくに、もうすぐ真夜中の鐘が鳴るというころになっていた。ぼくはまだ空腹で、とても疲れていて気分が悪かった。蠟燭ももう残りすくなくなりかかっていた。「それじゃ、ここにほんのすこし明かりを残しといてね」と母さんはとうとうマーサにいった。「そしてもうおやすみなさいな。たぶん旦那さまは雪のなかで帰り道がわからなくなったんだわ」だがそこへ、ミセス・ライダーが、マーサのあとについて部屋へはいってきた。

「よけいなことを申しあげるようですけどね、奥さま、そりゃあよくありませんですよ。これ以上起きておいでになるなんて、まったくいけないことです。旦那さまはたぶん朝までお帰りになりますまい。こんなおせっかいをするのはわたしの本分じゃありませんけどね、奥さま、思ってることはいわせてもらいますよ。いつもそうですけど、このことだってそうです」

「ほんとうにありがとう、ミセス・ライダー」と母さんは言葉すくなに答えた。「でもわたしまだ寝にいきたくないのよ。夜の曠野はとっても寂しいわね。ええ、もうなにもいらないわ、ありがとう」

「それじゃいいです、奥さま。いいたいことは申しあげましたし、これで良心がとがめるってことはなくてすみますからね。それにほら、卵酒を持ってきましたよ。これでもお飲みにならないと疲れで倒れてしまいなさいますよ」

母さんはコップをうけとり、その縁ごしにミセス・ライダーにむかって弱よわしくほほえみながら、ひと口それをすすった。それを見てミセス・ライダーはマーサといっしょにひきさがった。たぶんふたりは、ぼくがテーブルのそばの影になったところで小さくなって椅子に腰かけているのに気がつかなかったのだろうと思う。だがその長い夜のあいだじゅう、この善良なふたりの女たちは、交替でそっと降りてきてはぼくたちのようすを見てくれていたらしい。そして、もう火もほとんど燃えつきた短い朝の何時間かのあいだに、ぼくたちをショールで暖かくくるんでくれたのもふたりのしたことにちがいなかった。そのときぼくをそのまま残しておいたのは、たぶん母さんをひとりきりにしないためだったのだろう。じっさい、ぼくたちは闇のなかでおしゃべりをしたし、そのとき母さんがぼくの手をとったことをぼくはちゃんとおぼえている。

ふたりがいってしまったあとで、母さんとぼくは湯気の立っている卵酒をわけあって飲んだ。天井にはぼくたちの影が大きくぼんやりと映っていた。たいしておしゃべりはしなかったが、ぼくたちはいっしょに火の前にうずくまって互いにキスをしあい、ぼくは母さんの子供っぽい灰色の眼をそっとのぞきこんだ。そしてそのあと、テーブルのまわりを足音をひそめてうろつきながら、甘いものやおいしいものを好きなだけつまみ食いした。だがやがて静まりかえった家のなかで――炎のはじける音と遠くで霜柱が伸びる奇妙な音だけにときおり破られる静けさのなかで――眠気がぼくを打ち負かした。ぼくは火のそばにすわって、頭を椅子のうえにもたせかけた。そうやってうずくまって火の燃える明かりと揺れる影とをぼんやりとながめながら、ぼくはうつらうつらしはじめ、たちまち現実とわかちがたい夢のなかへ沈みこんでいった。

目をさましてみると、まだ朝は早く、その居心地の悪い場所でぼくは眩しくて寒くてみじめな気分だった。あたりにはめったにかいだことのない霜の匂いが漂っていた。暖炉のなかにはもうすっかり冷たくなった鉄灰色の燃えかすがあるばかりだった。くっきりと白い光線がひと筋、鎧戸《よろい》の裂け目から忍びこんで天井の隅の蛇腹《じゃばら》にあたっていた。ぼくはやっとのことで起きあがった。母さんはまだ重苦しい息づかいでぐっすりと眠りこんでおり、ぼくはなんとなく珍しいものを見るような気持でかがみこんでその顔をのぞきこんだ。そうして見ていると、その顔のなかを夢がつぎつぎと移りかわってゆくのがわかるようだった。今かすかにほほえんだかと思うと、今度は父と陽気でしあわせなおしゃべりをしているかのように眉をあげ、そしてふたたびもとのあの静まりかえった暗い影が降りてきて、額も瞼《まぶた》も唇もそれにつつまれてしまうのだった。

　ぼくはとつぜん自分がこの大きな家のなかでたったひとりでいることに気づいて、母さんの袖にさわった。すると母さんの顔はすぐにくもり、深いため息がそれにつづいた。「なあに？」と母さんはいった。「なんでも――なんでもないでしょ？」母さんは片手をぼくのほうへ伸ばした。瞼は開かれたが、眼はまだ眠気にとざされてなにも見ていないようだった。しかし、しだいしだいに時間がその本来の力をとりもどして、彼女のうえに影響を及ぼしはじめた。母さんは唇を舐《な》めて、それからぼくのほうをむいたが、そのときとつぜん、昨夜の記憶が激しい痛みとともに噴き出してきたらしかった。母さんは両手で顔をおおってゆっくりと身体を前後にゆすり、それから立ちあがって鏡の前で髪をなでつけた。その頬に涙のあとがないのを見てぼくはびっくりした。母さんは、まるで嘆きに疲れ果てた心が鏡のなかの蒼ざめた悲しみの映像に無意識に話しかけようとしてでもいるかのように、唇を動かした。ぼくは絹のスカートのうえにぼんやりと垂れている手をとって、それをなで、ゆるくなった指輪につぎつぎときちょうめんにキスをした。

　だが母さんはぼくのキスに注意を払ってはくれなかったようだ。そこでぼくはテーブルのそばにもどったが、そのうえには、相手にしてもらえなかったバレンタインの御馳走がひろげられたままで、肌寒い夜明けの薄あかりがそれを奇妙に魅力のないものに見せていた。ぼくは葡萄酒いりのビスケットをひとつかみとケーキのかけらをひとつポケットにいれた。ヒースの曠野へ出かけようという決心がとつぜんぼくをとらえたのだ。淋しい雪の原を、そしてその踏まれていない表面をたったひとりでわたってゆく自分の姿を想い浮かべて、ぼくの心臓はどきどきと高鳴った。それにくわえてぼくの心のなかでは、いばら荘まで歩いてゆこうという計画も形をとり始めていた。ぼくはなんとなく、きょうならそうしても母さんは叱らないだろうし罰も与えないだろうと思ったのだ。たぶん父はそこにいるだろうとぼくは思った。そしてミス・グレイに会ったら、食堂ですごした夜の冒険のことをぜんぶ話してきかせるつもりだった。そこでぼくは、ゆくのをとめられたりしないように、熱意を押し殺してこっそりとしのび足で歩き、とうとう玄関の間《ホール》の大きなドアのところにたどりついて、それを開けっぱなしたまま大喜びで冬の朝のなかへと駆け出していった。

　夜明けの光はもうとっくに輝きを増して空の高みにまでとどいていたし、霧のなかではもう最初の微風が吹きはじめていた。吐く息はまるでぼくの頰のうえに暗闇のなごりが残っているかのように白く凍った。空気は冷たかったが、そのなかにはかすかに新鮮な甘さがあった。雪の表面はぱりぱりと堅くなってどこまでもつづき、ハリエニシダの茂みのところではふんわりと盛りあがって、その外套のところどころから枯れた花をつけた小枝をのぞかせていた。空中には眼にはほとんど見えないような氷の結晶が漂っていた。もう雪が吹きとばされて黒い氷がのぞいている小さな池を見たときには、ぼくは叫び声をあげた。ハリエニシダの茂みのところでは、棘《とげ》から棘へと張りめぐらされた蜘蛛《くも》の巣が、白い霜の結晶で花づなのようになっているのも見ることができた。ぼくは振りかえって家のほうからずっとつづいている自分の足あとを数えた。家は蒼白い雪の陰鬱な屋根をかぶって、まだ暗い西の空のしたでぼんやりとかげって見えた。

夜遅くに昇ったらしい下弦の月が地平線に近いあたりで光っていた。しかし刻一刻と、さえぎるものとてない光が水晶の川のように流れこんできて、闇は不きげんな顔をして北のほうへとひきさがってしまった。そしてとうとう太陽が雪を薔薇色に輝かせながら昇ってきたとき、ぼくは歓喜でいっぱいになって振りかえり、まるであとに残してきた家がそれを見たらぼくと喜びをともにしてくれるといわんばかりに、太陽のほうを指さしてみせた。じっさい、ぼくには家の窓ががらりと表情を変えるのが見えたし、遠くの葉の落ちた梨《なし》の樹の枝でツグミが鳴きはじめるのもきこえた。そしてとつぜん、ぼくをそのかん高い甘い歌声でびっくりさせたのは、雪の房をつけたハリエニシダの茂みにとまった駒鳥だった。

ぼくはやがてゆるやかなのぼりにさしかかったが、それをのぼりきれば曠野のはずれから村へとつづく菩提樹《ぼだいじゅ》の並木道が遠く見わたせるはずだった。ビスケットをほおばり、あたりを心楽しく見まわしながらぼくは歩いていったが、そうしているうちにもミス・グレイがきっと食べさせてくれるにちがいないおいしい朝食のことばかりがしきりと胸に浮かんだ。そしてぼくは自分がそうして出てきたわけも、あとに残してきた家でのやっかいごとも、ほとんど忘れかけていた。そこからすこし離れたところには、四月のにわか雨に会うといつもぼくが雨宿りに使った緋《ひ》色の花の咲くサン

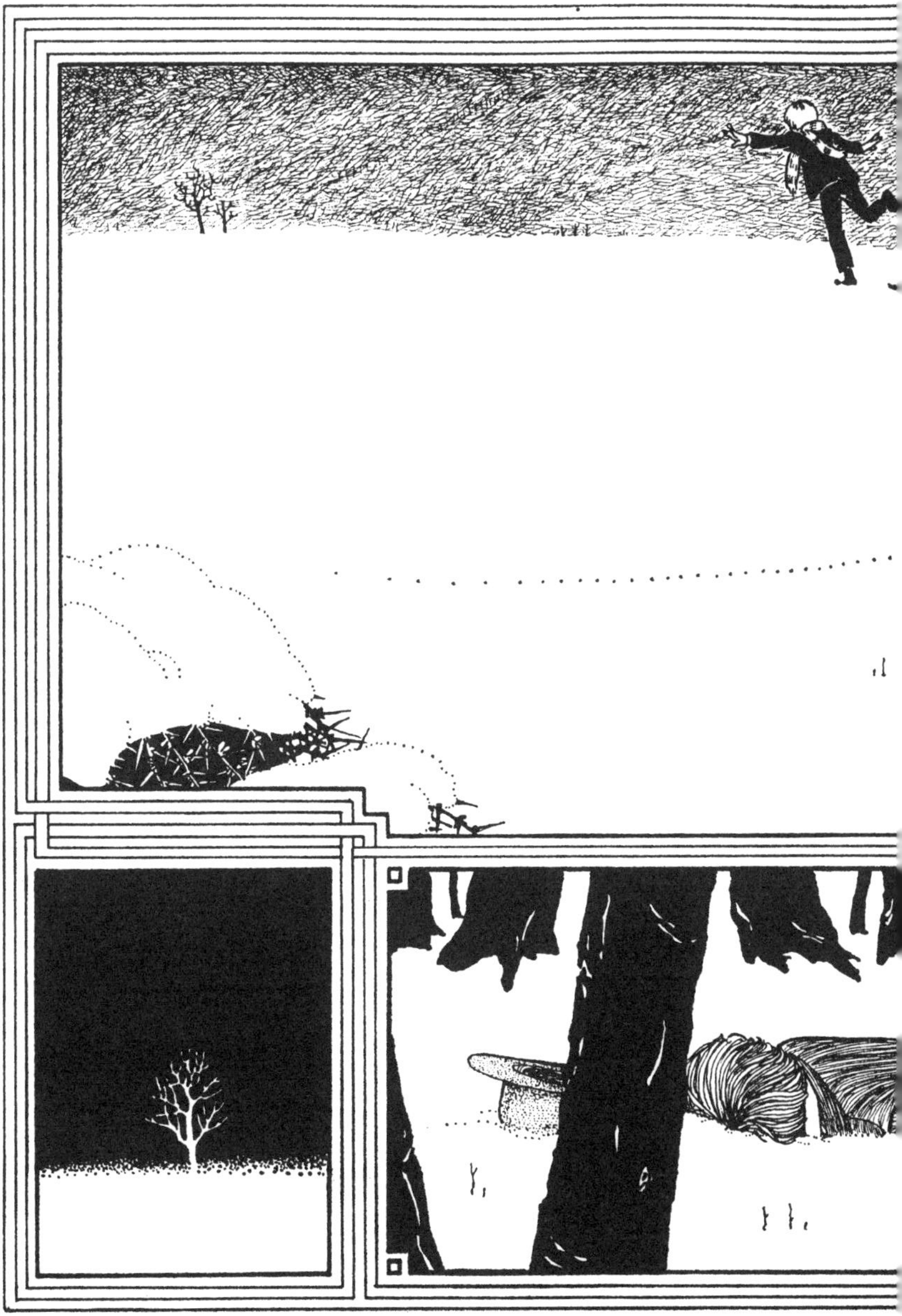

ザシの木が一本あった。だが今それはすっぽりと雪におおわれ、そのうっすらした影をあたりのまっ白な雪の面にながながと投げかけていた。その茂みからそう遠くない雪のうえに横たわっている人の姿を見たとき、ぼくは直観的にそれが父であることを悟った。

そのときの光景はぼくを驚かしもしなければ、当惑させもしなかった。長い重苦しい夜の見張りや、過ぎ去ったありとあらゆるめんどうな騒ぎに対する、それは明快な帰結というにすぎないように思えたのだ。悲しみを感じないまま、ぼくはその身体のそばに立って、深い驚きと一種の熱烈な好奇心と、それからたぶんかすかな悲しみ、この美しい朝に父がもうぼくを見られないということへのかすかな哀れみとをこめて、それを見おろした。灰色の腕は弓なりに雪のうえに横たえられ、乾いた血の染みのついた黒ずんだ顔は、まるで斜めに射してくる陽の光から眼をそらすかのように、すこしむこうへ向けられていた。ぼくは父が死んだのだということを理解し、いつのまにかそれがもたらすはずの変化のことをぼんやりと考えはじめていた。あいてしまった時間をなにに使えばいいのだろう。父がいなくなり、その影響と権威が消え、不和の種がなくなったら、家のなかではどんなことが起きるだろう。ぼくはまた、自分がひとりっきりで、この大きな秘密を自分だけの手に握っているのだということも思い出した。ぼくは日曜日みたいに真面目くさった顔で家に帰り、その任務に喜びいさんでいることは隠して、低い声で母さんに知らせなければならないのだ。ぼくはいろいろされるはずの質問のことを思い、それにどう答えればいいのだろうかと考えをめぐらしていたが、そのときとつぜんマーサ・ロッドがやってきて、ぼくの陰気な夢は一瞬にして破れてしまった。ぼくがたった今降りてきたばかりの丘のうえにマーサはぼくの足跡を踏んで立ち、こちらを見おろしていた。そして重い荷物を背負っているかのようにすこし前かがみになり、口をぽかんと開け、まばらな薄茶色の髪に縁どられた額にしわをよせて、ぼくのほうへ走り寄ってきた。「見て、マーサ、見てよ」とぼくは叫んだ。「雪のなかにいたの、ぼくが見つけたんだよ。死んでるよ」するととつぜん、ぼくの心のなかでなにかをつなぎとめていた糸がはじけてとんだ。朝の孤独とその美しさ、汚れのない雪の白さ——それらはみんなぼくに対する無礼な嘲り——陰険でこそこそした裏切りだった。ぼくの眼にはどっと涙があふれ、恐れと苦痛でいっぱいになったぼくは、悲嘆の念もあらわに激しくすすりあげながら、かわいそうな娘にしがみついた。そうしながらも、ぼくはそのじっと動かない不可解なものが怖ろしくて、眼をおおわずにはいられなかった。マーサは眼を据えたままぼくの髪を何度も何度もなでていたが、やがてとうとう思い切って注意深く近づいてゆき、父の身体のうえにかがみこんだ。「ああ、ニコラスぼっちゃん」とマーサはいった。「かわいそうなこの黒い髪！　いったいどうしたらいいんでしょうね？　お気の毒なお母さまはどうなさるんでしょう？　お亡《な》くなりになるなんて」マーサは両手で顔をおおい、ぼくたちの眼にはまた新たな涙があふれてきた。

しかしぼくはまたたくうちにその悲しみを忘れてしまった。まるっきりひとりぼっちにされ、どこへゆこうとなにをしようと自分の勝手ということのもの珍しさ、そしてすこしもそんな必要のないときに憐れまれ、かと思うとすっかり無視されてしまう——それもみじめさや淋しさが雲のようにおおいかぶさってきたときに——という経験の目新しさが、ぼくのもの思いをいつのまにか追い払ってしまったのだ。父の亡骸は家に運ばれ、庭と雪におおわれた果樹園の見える、母さんの小さな居間に安置された。家のなかは暗くされた。カーテンをおろして陽の光のはいらない廊下をドアからドアへと忍び足でつたって薄暗い部屋をのぞきこむことに、ぼくは秘密の楽しみを見出した。母さんは病気だった。そしてぼくはどうにも説明のつかない理由から、その病気を、ある日黒い服を着て連れだってやってきてみんなでヒースの曠野を歩いて帰っていった紳士たちと結びつけて考えていた。そしてとうとうある午後のこと、マーシャル夫人が馬車で到着し、いっしょに運ばれてきた包みや鉄の把手のついた木目塗りの箱などから、ぼくは以前にも一度そんなことがあったように、またマーシャル夫人が滞在するつもりなのだと知った。

　その翌朝、玄関の間《ホール》で鉛の兵隊と遊んでいると、マーシャル夫人とミセス・ライダーが台所のほうから上ってきながら、いつもの退屈なうわさ話をしている声がかすかにきこえてきた。

「いけませんよ、ミセス・マーシャル、だめでございます」とミセス・ライダーがいうのをぼくはきいた。「ひと言も、ひと言もおっしゃっちゃあいけません。お気の毒な奥さまはまるっきりひとりぼっちになっておいでだし、お客さまたちの詮索《せんさく》好きなくだらない質問の山からあの父親をなくしたおちびさんをひきはなして下さるのはお医者さまだけなんです。今ここでわたしどもの頭のなかにあることを口に出すのは、わたしの仕事でもなければ、ミセス・マーシャル、あなたの仕事でもございませんよ。全能の神さまのなさることはわたしどもにはわかりません――でも、この地上をお歩きになる方《かた》でそれ以上親切な方もいらっしゃらないんですから」

「まあ」とマーシャル夫人はいった。

「悲しいことに、家のなかでいろいろうわさが立っているってことは存じておりますよ」とミセス・ライダーはつづけた。「でも、どこにだってそれはございますもの。人間は天使じゃあございませんからね。結婚していようとひとりであろうと、また――」

「でも、ほらこんな話が――」とマーシャル夫人は用心深くほのめかした。

「話なんぞというものは、ミセス・マーシャル」とミセス・ライダーは足をとめていった。「わたしはうわさ話なぞ軽蔑いたしておりますよ！　大樽《だる》いっぱいの嘘のなかに、ほんとうのことときたらほんのひとつまみしかありませんですからね。それまでも否定するつもりはございませんよ。しかしわたしは耳をふさぐことにいたしております――亡くなった方のことに関してはね」マーシャル夫人はそれに答えようと口を開いたが、ちょうどそのとき、階段のしたでできるだけ小さくなってうずくまっていたぼくは、マーシャル夫人に見つかってしまった。

「おやまあ、早耳さんがいたね！」とマーシャル夫人は楽しそうにいった。「お父さんをなくしたかわいそうなおちびさんはおまえさんだね。無邪気《むじゃき》な子供にはつらいことだよ。でもがっしりした子に育ったじゃないの、ミセス・ライダー、あたしがはじめからいってるとおりだよ。ところでおちびさん、おまえさんはあたしをお忘れかね、ミセス・マーシャルを憶えてくれてはいないかい？憶えてるはずだよ、ほらね！」

「だいたいのところ、とてもいいぼっちゃんなんですよ」とミセス・ライダーはいった。「そのうち大きくなって、寡婦《やもめ》になられたかわいそうなお母さまのなぐさめにおなりだといいとお祈りしているんです、もし、あの――」そこまでいうとふたりはまじめくさったまなざしを交わし、それからマーシャル夫人はため息をつきながら骨を折って前かがみになると、スカートのしたの大きなゆるいポケットから大きな皮の財布《さいふ》をひっぱりだして、銀貨や銅貨のまじったなかからきらきら光る半ペニー銅貨を選びだした。

「そうなるにきまってるとあたしは思うよ、おちびさん」とマーシャル夫人は陽気にいった。ぼくが黙ってその半ペニーをうけとると、ふたりの女はゆっくりと二階へあがっていった。

午後になって、ぼくはマーサが呼んでもきこえないようにと、シャベルを持って曠野へ出かけていった。それを使ってぼくは雪で大きなお墓を作るつもりだったのだ。夜のあいだに雪はまた降り積もっており、歩くと靴ばかりかソックスまでが雪に埋もれてしまった。ぼくはシャベルで掘ったり叩いたり、形を作ったり足で踏んだりして、せっせと働いた。あまり一生懸命になっていたので、ミス・グレイがやってきたのにもすぐ近くにくるまでぜんぜん気がつかなかった。雪のなかから顔をあげたぼくは、太陽がすでに沈んで夕靄《もや》が低くたちこめはじめているのを見てびっくりした。ミス・グレイはヴェールをかぶり、首のところまですっかり毛皮にくるまっていた。マフから出した手には手袋をはめていなかった。

「ニコラス」と彼女は低い声でいった。

ぼくはなぜか混乱し、恥ずかしくなって返事もせずに立ちすくんでいた。彼女はまだ形のできていないぼくの雪の塚のうえに腰をおろし、ぼくの手をとった。それから彼女はヴェールをひきあげたが、見るとその顔は蒼ざめて暗く、黒い眼が重おもしくぼくの眼をのぞきこんでいた。

「かわいそうな、かわいそうなニコラス」と彼女は、その暖かな手でぼくの手を握ってじっと眼を据えたままいった。「なんていえばいいかしら？　どうしてあげられるかしら？　こんな雪のなかにひとりぼっちでとても淋しいんじゃないの？」

「たいして淋しいことなんかないよ」とぼくは答えた。「ちょうど、今作りかけてたんだよ、あの――ええと、建築ごっこなんだ」

「それじゃ、あたしはあなたのきれいな雪のお家に腰かけてるわけね？」と彼女はいい、悲しそうにほほえんだが、その手はぼくの手のうえで震えていた。

「家じゃないんだ」とぼくは顔をそむけながら答えた。

彼女はぼくの手を持ちあげて、喉元の毛皮に押しつけた。

「かわいそうな手。冷たくて、青くなってるわ」と彼女はいった。「ひとりで遊ぶのが好きなの？」

「あなたがここにいるのが好きだよ」とぼくは答えた。「いつもきてくれるといいな。ときどきでもいいから」

彼女は笑いながらぼくをしっかり抱きしめ、頭を垂れてぼくの髪にキスした。

「ほらね」と彼女はいった。「あたしここにいるわ」

「母さんは病気だよ」とぼくはいった。

すると彼女は身をひいて、曠野のむこうの家のあるほうをながめやった。

「みんなは父さんをお棺にいれて小さな居間に置いたよ。もちろん、父さんが死んだのは知ってるでしょ。それからマーシャルさんがきたんだ。あのひと、けさぼくに半ペニーくれたよ。でもグラハム先生なんかクラウン金貨をそっくりくれたよ」ぼくは半ズボンのポケットからひっぱり出して、彼女に見せた。

「とっても、とっても素敵だわね」と彼女はいった。「いいものがどんなにたくさん買えるかしらね！　それに、ほら見て、あたしもあなたにちょっとした形見の品をあげるわ。でもこれないしょよ」

彼女がマフのなかからひっぱりだしたのは、小さな銀の箱だった。その銀色の蓋には十字架の形が打ち出されていた。「あたし思ってたわ、たぶん、きょうあなたに会えるだろうって、ね」と彼女は優しくいった。そしてぼくの手のなかにその箱を置きながら「さあ、あなたにこれをあげたのはだれ？」ときいた。

「あなた」とぼくはそっと答えた。

「じゃあ、あたしはだれ？」

「ミス・グレイ」とぼくはいった。

「あなたの友だちのジェーン・グレイよ」と彼女は自分の名前が大好きだといわんばかりにくりかえした。「じゃあいってみて——いつまでも友だちだよ、ジェーン・グレイって」

ぼくはいわれたとおりに、あとについてそういった。

「さあ、それじゃ」と彼女はつづけた。「どの部屋だか教えて、その——その小さな居間が。あの角のところの蔦《つた》の茂ってる小さい窓がそうなの？」

ぼくは首を振った。

「じゃあどこ？」と彼女はじっと黙ったあとで、ささやくようにいった。

ぼくは雪のなかでシャベルをひねくりまわした。そして「父さんを見たいの？」といった。「マーサはきっと気にしないよ、ね。母さんは寝てるし」彼女はびくっとしたが、そのまま黙って黒い眼でじっとぼくの顔をのぞきこんだ。そして表情を殺して「どこ?」といった。

「裏のね、突き出してる窓のとこだよ——もし今晩くるんなら、ぼく玄関《ホール》の間で遊んでるよ。いつもぼくお茶のあと、できたら玄関《ホール》の間で遊ぶことにしてるの。最近じゃ、いつもだよ。あなたを見る人なんかだれもいないよ」

彼女はため息をついた。そして「まあ、あなたはなにをいってるの?」といって立ち上がり、ヴェールをひきおろした。

「でもそうしたいんじゃないの?」とぼくはくりかえした。すると彼女はとつぜんかがみこんで、ヴェールにおおわれた顔をぼくの顔に押しつけた。「くるわ、きますとも」といった彼女の顔は、ぼくの眼のすぐそばですっかり変ってしまって見えた。「あたしたちはどちらもまだ——まだあのひとに忠実でいられるわね、そうよね、ニコラス?」

そういうと、彼女は池と小さな暗い森のあるほうへ足ばやに去っていった。そのあとを見送ったぼくは、彼女がそこでひとり夜を待つつもりなのを知った。ぼくはおおいに満足して銀の箱をながめ、蓋をあけてみてからクラウン金貨や半ペニー銅貨といっしょにそれをポケットにしまい、しばらくのあいださっきの建築ごっこをつづけた。

だがもうそれに対する熱意は失われていた。暗くなるにつれて厳しい霜のけはいがしのびよってきて、あたりは寒くなってきた。そこでぼくは家へ帰った。

ぼくが黙りこんで、こそこそと詮索や質問をさけているようすは、だれにも気づかれずにすんだ。じっさい、お茶のときもぼくはひとりきりで、ただときおり女たちのだれかがちょっとした用事で忙しそうにはいってくるだけだった。家のなかには、なにか特別なことがおこっているらしい、押さえつけられたようなけはいが漂っていた。いったい何なのだろうとぼくは不思議に思い、自分の計画が発見されたのではないかとすこしばかり心配になってびくびくしていた。

それでも夜になると、ぼくは約束どおりドアのすぐそばで遊びはじめた。そして訪問者がきたけはいがちらりとでもしたらすぐにわかるように、ゆだんなく見張りをつづけた。

「大いそぎで台所へいらして下さいね、ぼっちゃん」とマーサがいいにきた。マーサの頬は真っ赤だった。そしてその手には熱い湯をいっぱいいれた大きなバケツがぶらさげられていた。「今夜はおとなしく静かにしていらっしゃらなくちゃいけませんよ。いい子でおやすみになれば、たぶんあした大きな大きな秘密を教えてさしあげますからね」マーサは有頂天《うちょうてん》なようすで、いそがしくぼくにキスをした。だがぼくはそのときその秘密を知りたいとはたいして思わず、そのままそこで遊んでいてもいいならうんと静かにするからと懸命になって約束した。

「そうですね、じゃあ静かに静かにしていらっしゃるんですよ。それからミセス・マーシャルには絶対に」だがそこまでいったとき二階からせわしなく呼びたてられて、マーサは大いそぎでいってしまった。

マーサがいってしまったかと思うとすぐに、ドアを軽く叩く音がきこえた。そしてジェーン・グレイがまるで森の新鮮さと冷たさをいっしょに運んできたかのようにしてはいってきた。ぼくは先に立ってせまい廊下を忍び足で歩き、小さなひっそりした部屋まで彼女を案内した。蠟燭がしっかりと燃えながらきよらかな光をはなっていた。空気は静かで、花の香りがものうくそのなかに漂っていた。頭のうえを光が通りすぎ、注意深い足音がきこえてきた。だがそんなものは静寂の世界の境界線のそとでささやかれるうわさ話かなにかのようで、ぜんぜん気にならなかった。

「ごめんなさい」とぼくはいった。「みんなが釘《くぎ》を打ってしまったんだ。きょうのお昼すぎに人がきてやったんだってマーサがいってたよ」

ミス・グレイは懐《ふところ》からスノードロップの小さな花束をとりだし、たくさんの花輪のあいだにそれを隠した。そして床にひざまずくと、前にも首にかけていたことのある小さな銀の十字架を出して、しっかりと唇を押しあてた。お祈りをする彼女のようすを見ていると、ぼくはなんだか落ち着かなくなり、鉛の兵隊たちのところへもどりたくなってきた。しかしそうやって彼女を見つめ、小さな部屋のなかのありとあらゆるものが不思議な輝きのなかに浮かびあがるのをながめ、また暗い庭に降り積もった雪が星空のしたにぼんやりとひろがる光景を思い出しながらも、いっぽうでぼくは頭上をいったりきたりする静かな足音にも耳を傾けていた。そのときとつぜん、小さなたえまない怒ったような泣き声が静寂を破った。

ミス・グレイはうえを見た。蠟燭の光に照らされた彼女の眼は澄みきって美しかった。

「あれはなにかしら？」と彼女は耳をすましながらかすかな声できいた。

ぼくは彼女を見つめた。泣き声はまたはじまり、はるかなところで助けもなしにいる小さな者の憤りを伝えるかのように悲しげに響いた。

「なんだかまるでその――小さな赤ん坊の声みたいだね」とぼくはいった。

彼女は大いそぎで十字をきって立ちあがった。「ニコラス！」と叫んだ彼女の声には、当惑したような、奇妙で静かな響きがこもっていた――そしてその顔には見たこともないほど不思議な輝きがあふれていた。彼女はいとおしそうな、それでいてひどく奇妙な表情をうかべてぼくを見つめ、ぼくは彼女を家のなかへ入れたりしなければよかったと思った。

彼女ははいってきたところからまた出ていった。ぼくは暗闇のなかに消えてゆく彼女を見送るのはさっさと切りあげて、いろいろな考えで頭をいっぱいにして遊びにもどった。

いつもなら寝る時間をとっくにすぎて、台所の熾《おき》が赤く輝くのを前にして熱いミルクをすすっていたとき、マーサがぼくにその秘密というのを話してくれた……

「そんなわけでね、リチャード、君がきのう本通りで見かけたあのひどく風変わりなぼくの連れは、君の気のふれた旧友のたったひとりの弟なんだ」と伯爵はいった。「たったひとりの弟」――深いもの想いに沈みながらかれはもう一度こうくりかえした。

鉢

あれはある秋の夕暮れのことだった――庭ではまだ淡い金色や樺《かば》色をした橅《ぶな》の葉が、もやにかすんだ陽射しのなかを漂っていたし、炉格子《ごうし》のなかでは、冷たいたそがれを陽気なものにしようと、もう火が燃やされていたのだから、十月のうちのことだったと思うけれど、あのときはじめて、幼かったぼくはオーチャードソン夫人の銀の鉢に眼を奪われたのだった。たぶんそれ以前にもいつもそれはそこにあって、よく見えてはいたのだと思う。けれどぼくがはじめてそれに気づいたのは、たしかにそのときだったのだ。それは食器棚のうえの、カットグラスのデキャンターのとなりにあって、ふたりの笑っているキューピッドのすべすべした頬に、ワインの赤い色を映し出していた。輪がふたつぶらさげられて把手になっていたが、その細工は子供靴のバックルのように簡素なものだった。ぼくは立ったまま、幼い眼がなにかそのような魔力のある品物に出会ったときかならずやるように、じっとそれを見上げていた。それを見ているとそれだけで、なにか秘密の祝宴につらな

っているような気がした――その感じはしゃぼん玉をとばすのにぴったりな空気、果樹園かさもなければ夏雲の蔭に半分隠れた谷間の、涼しい空気に似ていた。

それを見てぼくは驚き、うっとりとなった。それに触り、持ちあげてみたいと思い、ほんとうのところ、この鉢を持っている隣人へのねたみと、欲望のようなものをさえ感じた。もしもぼくが自分のからだと同じくらいの大きさをしたカラスだったとしたら、ぼくは絶対にそれを運び去って、煙突のなかとか壁の穴とか、どこか自分の巣のあるところへ隠したことだろう。そんなわけだったから、ぼくはとにかくそれについてのとても鮮やかな記憶だけは手にいれてしまった――それは、このいけませんの氾濫《はんらん》にとり囲まれた世界にあっても、幸運なことに重い罪というわけではない。

とにかく、ある暗い雨の朝、なにかそのようなものがぜひとも必要になったときに、あの鉢のことを思い出したのはぼくだったし、けっきょくのところ、聖バルナバス教会の砂岩の聖水盤と比べても、それにはヨルダン河の水だってほとんど同じくらいはいったし、美しいことは二十倍も美しかったのだ。

寂しい朝食の席でぼくは、ぼくの友だちであったオーチャードソン夫人の赤ん坊が熱を出して、ぼくがぐっすり眠っていた夜のあいだずっと、燃えている石炭のようになって生死の境をさまよっていたということをきいた。それはとても興味深い、わくわくするようなニュースだった。ぼくにはそのとき自分がまず心に浮かべた疑問が、なぜ夢の国の荒野をゆく長い夜の旅のとちゅうで、影の谷への道をたどるその小さな魂の悲しみの叫びを耳にしなかったのかということでなかったとは、とてもいいきれない。というのもけっきょくのところ子供にとっては、死というようような抽象的なものは、夢に出てくるなにかおぼろで脅かすようなものとそうちがいはしないからだ。

もちろんオーチャードソン夫人の赤ん坊は、もうすこし前から病気になっていたのだった。そのおかげで夫人にはほとんど会えず、短い滞在だからと期待したもてなしもずっとささやかなものになって、ぼくは一度ならず腹立たしさや嫉妬を感じていた。ぼくは赤ん坊の青い眼をした小さなしわだらけの顔をよく憶えているし、石のようにものうい表情をしたその眼の青さがやっぱり石のようだったのも憶えている。じっさい、ほんのしばらく前の朝にも——十月には珍しく暑いくらいの朝だったが——夫人とぼくは赤ん坊といっしょに、庭の楡の樹の下に敷物をしいてすわったりしていたのだ。枯れてしまった野の花がいくつか草のなかに見えていたのをぼくは憶えているけれども、夏の名残《なご》りをとどめていたのは種のはいったふくらんだ莢《さや》ばかりだった。

そしてぼくはまた、赤ん坊に話しかけるときのオーチャードソン夫人の灰色の眼が、独特な輝きかたをすることにも気づいていた。だがその醜くしなびた小さな顔をのぞきこむ夫人の額からは、微笑をうかべているときでさえ心配の影が去らなかった。ぼくはその赤ん坊をすこしもかわいいとは思わず、病気が長引いていることにじりじりしていた。

現にその二、三日というもの、ぼくはほとんどひとりきりで放っておかれていて、言葉をかわす相手といえば小間使いのエステル——砂色の髪をして顔に濃いうぶ毛を生やした女——だけで、たまにはオーチャードソン夫人の料理番とも話したけれど、この女はぼくが機械仕掛けの人形でなにをきいてもわからないとでも思っているような話しかたをした。「して、今朝はかわいそうなお小さいのはいかがですかな？」とぼくは一度、年とった医者の真似《まね》をしてこの女にたずねたことがあった。彼女は草むらにひそむ蛇を見るようにぼくを見つめた——たしかにぼくはそんなふうなものだったのだ。

だが銀の鉢のことに話をもどすことにしよう。ぼくがパンとミルクの食事を終えて、猫がテーブルのうえにあがろうとするのをもう三回も追い払い、スプーンを口にくわえてすわったまま、長い窓ごしに雨の降るのを見ていると、戸が開いてオーチャードソン夫人が顔をのぞかせた。その顔は濡れたチョークみたいに灰色で、まなざしはとても鋭くて遠くへむけられていて、ぼくがいることになどまるで気がついていないように見えた。彼女はたしかにぼくを見ていたのだけれど、まるでぼくのからだをとおしてむこうを見ているみたいで、からだのなかの骨を見て恐れおののいているかのような表情を浮かべていた。そしてそれから、きゅうに部屋にはいってくると、ぼくの椅子のそばに倒れるように膝をつき、ぼくを抱きしめてその膝に顔をうずめた。「おお、ニック、ニック、ひとりぼっちのかわいそうな子」と夫人はすすり泣きながらいった。「赤ちゃんのぐあいが悪いの、とても悪いのよ。あの子は死んでしまうわ」

「おお、そんな！」とぼくは沈んだ声でいった。「おお、そんな！」

「だからどうにかして」と夫人は、今にも忘れてしまいそうなことをいうときのように、大急ぎでつづけた。「どうにかしてひとりで静かに、楽しくしててね。長くはかからないわ。たいして長いことはないわ」そして夫人は黙り、ぼくはテーブルのうえのパンの塊のようにじっとしていた。夫人は息もしていないように見えた。だがほどなくぼくの前掛から濡れた顔をあげると、その顔はいつもとはすっかり変っていた。ぼくにはほとんど夫人だとわからないくらいだった――頬は土色で眼はすこし落ちくぼんだようだったが、それでもとても落ち着いているように見えた。「だから、それでね」と夫人はつけくわえたが、ぼくにむかって話しているようにはまるで見えなかった。「ケアンズさんが洗礼をしにきて下さるのよ、あの子が神様の小さな子供になるように。あなたと同じにね、ニック」

「じゃあ、教会にはつれて行かないの？」とぼくは陰気な声でいった。

「そうよ」と夫人は耳をかたむけてから答えたが、それもぼくにむかってではなかった。

「だって、どうして？」とぼくはがっかりしていった。夫人はぼくの頬に手をあて、あごを両手で包むようにしてじっとぼくを見るばかりだった。

「だって」とぼくは夫人の手から逃れながらいった。「ここには聖水盤がないよ。教会にあるみたいな聖水盤がなきゃいけないよ」ぼくは顔をしかめ。横眼でほんのすこしばかにしたように夫人を見た。「そんなのはあんまりいいことじゃないよ。どっちみちエステルはそういうよ」

夫人はそれをききながらじっとぼくを見つめ、首を振るばかりだった。「いいことがある！」とぼくはいった。「食器棚のうえのあの大きな銀の鉢が聖水盤にならない、オーチャードソンさん？あの鉢はとっても大きいもの」

夫人は顔を輝かしてぼくに笑いかけた。

「そうね、もちろんよ、おかしな子、あれならほんとにぴったりだわ……さあ、それじゃ――」と夫人は立ち上がり、そのまましばらく、ぼくがいることなどすっかり忘れたように窓のそとをながめていた。「なにもかもこんなにきれいだのに！」と夫人はほとんどつぶやくようにいったが、その眼の前にあるものといえばつまらないじめじめした朝の景色にすぎなかった。

シャープ先生はあと一時間しないとこないことになっていたので、寝室のなかにいたのはぼくと赤ん坊のほかにはオーチャードソン夫人とエステルとケアンズ氏だけだった。料理番は気が転倒するのを恐れてこなかったのだときいた。それはぼくにはばかげたことに思えた。ぼくが部屋にはいると、炉の火と陽の光とのあいだに、もう小さな四角いテーブルが据えてあって、縁飾りのついたリンネルのナプキンがそれをおおっていた。そのうえでは銀の蠟燭立てに二本の背の高い白い蠟燭が燃えていた。中央にはあの鉢があって水がほんのすこしはいっていたが、それはぼくがつま先で立ってやっと見えるくらいだった。ケアンズ氏が白い法衣を着てはいってきたのを見て、ぼくは驚き、狼狽《ろうばい》した。それはぼくがすでに知っていたふたりのケアンズ氏——ひとりは牧師館の庭で古い僧服を着て、いささか愚かしげな笑いを浮かべている老人。もうひとりはもちろん、教会でお勤めの吟詠《ぎんえい》をしているときの、わざとらしいほどのようすをした人——とはぜんぜんちがう人であるように見えた。

蠟燭を吹き消してそれを化粧台のうえに置くと、ケアンズ氏はぼくたちに立ち上がるように合図をした。ぼくはオーチャードソン夫人とエステルのあいだにおり、赤ん坊は眼を見開いたまま真っ赤になって物音ひとつ立てずに、オーチャードソン夫人の腕のなかに横たわっていた。ケアンズ氏が夫人のほうへかがみこんだときに法衣がぼくの頰をかすめたが、その独特な麻布の匂いをぼくは今も憶えている。そしてケアンズ氏が鉢に指をひたしたときに、ぼくは反射した光が天井で蝶《ちょう》のようにゆらめくのを見た。

ケアンズ氏は、ぼくがそこにいることには気がついていないようだったが、窓のほうをむいたとき、その眼鏡《めがね》がほんのしばらくのあいだランタンのように輝いてぼくを照らした。ケアンズ氏は大きな手で赤ん坊を抱きあげた。そのとき赤ん坊は泣きだしてしまっていた。だがその泣き声は普通の赤ん坊の声よりもとても年をとったお婆さんの声に近く、一瞬拡げてみせた指は細くしなびて、白いマッチの軸に似ていた。ぼくは赤ん坊に笑いかけ、喜ばせようとしかめっ面《つら》をして見せたが、赤ん坊は紫色のガラスのような眼をむけるばかりでぼくを見てもいなければおもしろがってもいないようだった。

お勤めが終るとケアンズ氏はかがみこんで赤ん坊に接吻したが、そのときのケアンズ氏はほんとうにとても年をとった人のように見えた。だがまた背を伸ばして法衣と襟《えり》掛けを脱ぐと、いつも庭で本を読んでいるのを見かけるときのケアンズ氏と、どこもぜんぜんちがってはいなかった。「奥さん、あまりお嘆きになってはいけません」とケアンズ氏は、寝室の戸のところでオーチャードソン夫人にいった。「神様は御自分の子羊たちのことを、みんなよく御存じです。それに神様はお情深いのですから」

ケアンズ氏はあごを傾け、顔に奇妙なしわをよせてぼくに笑いかけた。その茶色の眼はぼくに草の実を思い出させた。その眼は一見あまり親切そうには見えなかったけれども、優しさにあふれていた。ぼくは銀の鉢をまた階下へ運ぶのをやらせてもらえないだろうかと、エステルにささやきかけた。それに対してエステルは強く頭を振っていやな眼つきをしただけだったが、それはケアンズ氏のきいているところでだめだといいたくないからであるように思えた。ケアンズ氏はぼくのいったことをきいていたらしく、ぼくの髪のうえに手を置いてまた微笑《ほほえ》みかけたので、ぼくはケアンズ氏よりも先に立って階下へ降りなければならなくなった。そのあいだにケアンズ氏はオーチャードソン夫人に、鉢と水をどうしたらよいかを話したのだろう。

ケアンズ氏は玄関でほんのしばらく、こっそりエステルと話していった。「そのようなときには小さい坊ちゃんをこちらへよこして下さい」というのをぼくはきいた。「家内《かない》が家におります。かわいそうな小さな子羊！　だがあの子がわれわれのようには苦しまずにすむと思わなくては」エステルは一瞬のあいだ、赤ん坊が死ぬのは恵み深いことだということを表わすように金色のまつ毛を伏せたが、ふたたびそれをあげてじっと見ていたぼくを見かえした眼は、厳しくて悲しげだった。

　だが心の奥底ではぼくは、オーチャードソン夫人の小さな赤ん坊がけっして死にはしないことを確信しきっていた。どこからこの確信がやってきたのかはわからない。それは子供本来の直観の産物だったのかもしれない。もしくは鋭い洞察力――表面を見るだけでなくなかまでも見ることに慣れていたようにも思える――のせいだったとさえいえるかもしれない。だがひとついえるのは、ぼくはあの鉢にひそむ力を堅く信じつづけていたということで、だからぼくはああして眼を伏せたりするエステルを軽蔑したのだった。影をたたえた深いあの鉢のなかのきれいな浅い水が病気の汚れをみんな洗い流してしまえないとは、とても考えられなかった。それに、それを思いついたのはぼくだったのだ。

　牧師館にこいというケアンズ氏の招きに従うようにとエステルがぼくにいったとき、ぼくがにべもなくことわったのはそのせいであったと思う。赤ん坊のぐあいがひどく悪いときに、ぼくを無理にいかせるなどということがエステルにできるわけはないと、ぼくにはよくわかっていた。とうとうエステルは手に持っていたぼくの灰色の毛糸の襟巻を激しく宙に振って、言葉ではその憎しみをあらわせないとでもいうようにぼくをにらんだ。

「じゃあ、あんたはうえで苦しんでるかわいそうなおちびさんを、哀れだとは思わないの？　強情な子ったらありゃしない」とエステルは、低い、押さえつけたような声でいった。ぼくが答えずにただじっと見かえしていると、エステルは眼をそらしてしまった。

「なにをいったってまるっきりわかっちゃあいないんだから！」といいながらエステルは出てゆき、食堂の戸をこれきり敷居にくっついて開かなくなればいいとでもいうように閉めてしまった。だがぼくはエステルの癇癪《かんしゃく》など気にしていなかった。やがてエステルはまたもどってきたが、さっきよりももっと怒っているようで、いっそう蒼ざめたようすをしていた。

「積木《つみき》やおもちゃで遊んでていいときだと思ってるの？」とエステルは、炉の前の敷物にすわっていたぼくの耳のなかへ、どなりつけるようにいった。「そんなことをしてるときだと思うの？　すぐ頭のうえでは罪もないかわいそうなちびさんが、ぜいぜいいって死にかけてるってのに」

ぼくはエステルが手に持っていたお盆が見えるくらいにしか頭を上げなかった。「この小さな悪魔！」

「赤ん坊がなおったら、もう一度すっかりきちんと洗礼しなおさなくちゃいけないと思うんだけど、ちがう？」とぼくはたずねた。ぼくはエステルがにらんでいるのを、そしてエステルのいったことを気にもかけなかったのでぼくを憎んでいるのを感じた。

「いったい」――とエステルは怒りにわれを忘れてあえいだ。「いったいどこからそんなたちの悪い不信心な考えを仕入れてきたのか、見当もつきやしない。この家のなかからではないわ。あのちっちゃなからだのことなら、もうどこを探したって罪のかけらも残っちゃあいませんよ、ひとかけらだってね。あんたがいわれたとおりに御親切なケアンズさんのところへいっていたら、あの方《かた》もそうおっしゃったでしょうよ」

「ぼく、いきたくなかったんだ。それにオーチャードソンさんならぼくをいかせようなんてしなかったよ」ぼくは身体に血がのぼってくるのを感じ、自分の声がどんどん横柄な大声になってゆくのをきいた。「それにね、エステルさん、ぼくはあんたのいう聖水なんて信じちゃあいないよ。赤ん坊は死にかけてなんかいない。あんたがそうなりゃあいいと思ったって、そうはならないんだ。それにあんたはぼくのおもちゃの動物たちを踏んづけてるよ」

するとエステルは、ぼくが作りかけていた砦《とりで》をわざと蹴《け》ってこわしてしまった。

「あんたは人間のかっこうをした小悪魔だわ。それにちがいないわ」とエステルは金切声をあげた。大声を出さずに金切声をあげるということができるとしたら、その声はまさにそれだった。

「小悪魔。おまえなんかをキリスト教徒の家へいれるべきじゃあなかったんだわ。焦熱地獄《しょうねつじごく》のごうごういってる炎のなかにいるといいんだわ。この青二才。おまえがあのかわいそうなちびさんを殺したのよ。わたしのいうことを覚えておいで！」

これをきいてぼくはとても腹が立ったので、エステルの靴のちょっとふくらんだところを積木で打った。

「おまえはけだものだよ」とぼくはわめいたが、エステルより大きい声を出したわけではなかった。「汚ないけだものだ。ぼくはどこへいったって平気だよ、おまえさえそこにいなけりゃあ。ちっとも――ちっともかまやしないや」

憎しみに満ちたエステルの顔はぼくのすぐそばに近づいてきていたので、ぼくにはなにかこわがってでもいるかのようにその眼が色を変え、唇がこわばるのが見えた。「今に見てなさい、ニコラス坊ちゃん。見てなさいよ！　ぞっとするような悪い言葉を使ったりして！　見てなさいよ！　御主人様にきいていただくわ」

ぼくはエステルをあざ笑った。「いいたけりゃあいいなよ。あの人は気にしやあしないよ。あんたのことをばかな毛むくじゃら女と思うだけさ。それにぼくだってあんたがだいっきらいだ」エステルは手をあげて耳に蓋《ふた》をした。「おお、神様」とエステルはいった。「とても我慢《がまん》できないわ」そして走るように部屋から出ていった。

エステルがいってしまったあとで、ぼくは――胃の内側が火に炙《あぶ》られているような感じだった――階段を上って自分の寝室へ行き、靴をはいたままベッドの白い掛け蒲団のうえに倒れこんだ。なにごともおこらなかった。家のなかは静かなままだった。にわか雨が窓ガラスを叩いてゆき、やが

てまた陽が照ってきて、雨粒を金と灰色に輝かせた。そしてぼくは、見るものすべてを憎んだ。ぼくはどうやってエステルを殺そうかと考えていた。そしてエステルが死んだら、どんなふうにそのからだを蹴とばしてやろうかとも考えた。

だがしだいにからだのなかで燃えていた火は鎮《しず》まり、「物想い」もほかへとさまよってゆき、瞼が重くなってぼくはうとうとし始めたが、そのときましたにある寝室のほうから、いったりきたり、いったりきたりするはっきりしない足音がきこえてきて、ぼくに赤ん坊のことを思い出させた。するとつぜん、暗い恐怖がぼくの身を震わせて氷のようにしてしまい、ぼくはそこに横たわったまま、こんな自分であったことを許して下さるように神に祈り、赤ん坊の苦しみをひきうけ、身がわりに死なせてくれるようにと願った。そうやってぼくは横たわっていた。腹ばいになり、そして祈った。

午後も遅くなり部屋のなかはすこし薄暗くなっていたが、そのあと間もなくぼくはあっけなく眠りこんでしまったにちがいない。そのつぎにぼくが覚えているのは、よどんだ薄闇のなかでぼくを抱きしめている冷たい腕と、なにやらそっとささやき呟きながらぼくの顔によせられた唇と、頬にかかる暖かくて柔かな息だったからだ。

「何だと思う、ニック！　当ててみて！」と優しいぞくぞくするような声が、すこし身動きしてそばへ寄った。「当ててみてよ！」

頭をそらしてじっと見つめると、窓からの光がオーチャードソン夫人の眼に映っているのがやっとのことで見えた。その眼は奇妙な燐光を帯びてもいた。夫人の皮膚までがかすかに輝いているように見えた。

「なあに」とぼくはいった。「赤ん坊が良くなったんだね」

すると狭い空間を隔ててぼくを見ていた眼は、天使をでも見たかのように、信じられないといわんばかりに見開かれた。「知ってたの？　わかってたのね。かわいい清らかな子！　それにずうっと今までひとりでここにじっとしてたのね。何ていえばいいのかしら？　どういえばわかってもらえるかしら？　おお、ニック、あたし、幸福で死にそうだわ」

夫人はベッドの空《あ》いたところへ横たわってぼくにしっかりと身を寄せ、抱きしめた――その肩は震えていて、ぼくは一瞬、夫人が笑っているのかと思った。

「ぼくにはなぜだかうまくいえないんだけどね、オーチャードソンさん」そしてひとしきりためらってから、ぼくは何とか呟くようにこういった。「でも、ぼく、確信してたんだ、わかるでしょ。大人にはわかってもらえないと思うけど」

「あたしにだってわからないわ」と夫人はすこしばかりヒステリックに笑っていった。「じっさい、ほんとにわからないわ。でもね――」夫人は顔を上げて起きあがり、髪に手をあてて微笑みながらぼくを見おろした。ぼくもからだを起こした。するとこんどははっきりと夫人の姿を見ることができたが、それは夫人のからだが淡い霧のような光を発しているからであるように思えた。

「あらあら、ニック、あたし、涙であなたの髪をすっかり濡らしてしまったわ。かわいそうに、まあ。みんなあなたのおかげよ、ほんとにそうよ」

夫人はしばらく黙ってすわっていたが、なにも考えているわけではないようだった。それからきゅうに大きく息をすると、頭を上げた。「さあ、あたし、いかなくっちゃ。どんなにかすかなちっちゃな音もたてちゃあだめなのよ。あの子は眠ってるの。ついてらっしゃいな――ふたつの影みたいにね。そうして、ニック、あたしが消えてなくなったりしないように見ててね」

「これでなにもかも」とぼくは、ぶじに階下にたどりついたとき夫人にたずねた。「なにもかもすっかりもとどおりになるの、オーチャードソンさん？」

「あたしがいなくて寂しかったのね、かわいい子？」と夫人は、ちょうどぼくたちのうえに射していたまばゆい光のなかで、肩ごしにふりかえっていった。夫人は食器棚のところにひざまずいていた。

「エステルはぼくがあの人を嫌いになるようなことしかいわないんだもの」とぼくは答えた。「もちろん、ぼくのことをいろいろいうのはたいてい当ってるんだけど。だからぼく、赤ん坊がすっかり良くなったんならね、オーチャードソンさん、家へ帰ったほうがいいと思うんだ。ケアンズさんにしたって、鉢をしたへ運ぶのをぼくにやらせちゃあくれなかったし。もしあれを思いついてなかったら……」

夫人の眼は、窓から見える空のかけらのように、ぼくにむかって青く輝いた。そして大きく見開かれた。「だってニック、まあ！」と夫人はとうとう、鳥のように澄んだ小さな声で叫んだ。「あなたがつらい思いをしてたなんて、あたし考えもつかなかったわ。ほんとに、ほんとにわからなかったわ。なんて勝手な盲だったのかしら。震えてるのね。かわいそうな子。すっかり疲れ切ってるんだわ！」

それをきくとぼくはもう、自分を憐れみ正当化する言葉をくりかえすことさえできなくなった。ぼくは夫人のそばに駆け寄ると、床のうえでからだをふたつに折って「心臓がはり裂けるほど」すすり泣いた。

姫君《プリンセス》

この悲しい、皮肉でいっぱいの世のなかにあって、およそなにか子供のころの思い出を、宝物のように大事にしまっていないという人がいるだろうか。ばかげた、センチメンタルな、取るに足りない、悲劇的な、また熱烈な思い出。ごくつまらない現実的なものでもいい——それがどんなものであるかは、たいしたことではないのだ。われわれはたぶんもう三十年も、四十年も、六十年も昔に消えてしまった小さい火で、年老いた両手を暖めつづける。

なぜだろう？　それはおそらく、そうやってしまいこまれている経験が、ものいわぬ自己そのものにかかわっているからだ——それは深くしっかりと根をおろし、そして……

たとえば、恋におちたというような経験。それも美しい顔に対してというばかりではない。ある景色、書物、物語のなかの人物に対して——そう、夢に現われた幻に対してさえそういうことはおこる。バイロン卿は数々の恋の冒険をした。だがまだ九つかそこらの少年だったときほどに、心から、自分を投げ出して忠実に愛したことは彼にもなかったのではないだろうか――そうして愛した相手もまた子供だった――メアリー・ダフである。

彼自身はそれをうぬぼれたっぷりに告白している。そしてそのできごとをあざ笑い、子供っぽい恋だと軽蔑してかたづけてしまってさえいる。それでも彼は、十六歳のとき彼女が結婚したと聞いたショックであやうくひきつけをおこしかけたことを認めている。ひきつけをだ！

こうしてむちゅうになる相手が自分と同じ子供である必要もありはしない。ぼくの友だちが以前話してくれたことだが、まだ十二になるかならずの少年だったとき、彼は、近くに住む金髪の寡婦《かふ》をひと目見たいばっかりに、古い煉瓦塀《れんがべい》のうえで野生の桜の枝のなかに隠れてのらくらと時間をつぶしたということだ――その若い女は二十八だった！　もちろん彼は「恋を打ち明け」はしなかった――空想にふけるいたずらっ子は蕾のなかの虫を呼びさますようなことはしない――そんなことがどうでもよくなり、それと同時にすっかりませた若い道楽者《どうらくもの》になって、自分のこともどうでもよくなってしまうまでは。

野生の桜の花は白い霜のように繊細《せんさい》で、雪のように冷たく、美しい。だがそれについてはそれ以上あまりいうことはないし、その酸《す》っぱい堅い実についても、たぶん鳥たちがなにかいうだけだ。それに彼らの歌は、ともかく一見は歌詞のない歌なのだ。

ところで、ぼくにも同じような思い出がある。

たいていの子供たちのようにぼくも古めかしくも伝説的な、不思議な物語を喜んだ――グリムやハンス・アンデルセン、アラビアン・ナイト。そしてまた古い家、とりわけ「幽霊が出る」ように見える家が好きだった――それらに関する物語のせいで震えながらベッドにゆくはめになってさえそうだった。

そしてあるとき、もう一生に近い時を経た昔のこと、ぼくはこれらのおかしな空想をぜんぶなんとか結びつけて、ひとつの冒険をした。それはうるわしの貴婦人《ラ・ベル・ダーム》をかちえることはおろか、どんな勝利ももたらしはしなかった。だからといって、思い出、つまりこうした「ばかげた」記憶が、ぼくらの両手のなかで色あせ、死にたえてゆかねばならないわけはない。そしてそれがなぐさめがたい悔恨をあとに残さねばならないわけもないのだ。

この話のできごとがあったとき、ぼくはどう見つもっても十三になるかならずだった。しかもとしのわりには（いささかませていたのとつりあうくらい）幼かった。母はぼくが五つのときに死に、以来ぼくはだいたいひとりで放っておかれたままだった。ぼくらはスコットランドのインヴァネスで、古いどちらかというと醜い家に住んでいた。窓のしたにひらけるのは荒涼とした景色ばかりだったが、窓ガラスに鼻を押しつけて、しょっちゅうたちこめるスコットランドの霧をとおして見おろしていると、とくにそれが感じられた。そんなところでも慣れ親しめば、だんだん好きになってくるものだ。悲しいことに、その家は借りものに過ぎなかった。寂しいところだった。

あの特別な夏の休暇のあいだぼくはぶらぶらしてばかりいたし、学校の成績もひどく悪くなっていた。父の不満そうなとがめるような眼をできるかぎり逃れるために、ぼくは荒野をうろつきまわってとりとめのない白昼夢にふけったが、そのいっぽうでは人恋しさでいっぱいになってもいた。それにはっきりしないやりかたでではあったが、ぼくはなにかを捜していた。ぼくの彷徨《ほうこう》にはある手順があったのだ。そのなにかというのは一軒の家で、その家にはそれにまつわる物語があった。

そのときぼくはその物語をじっさいに知っていたわけではなかった。だが、台所やなにかでの大人たちのふとした会話から偶然にひろいあげてきたその話のかけらは、ひとりぼっちの長い時間をなぐさめてくれていた。ぼくは一度ならずその家のことを夢に見たし、すくなくともそこに幽霊が出ることを信じていた。幽霊が出るという言葉それ自体は、もちろん、刈りこまれることもない蔦がうっそうと繁った、古い淋しい廃墟《はいきょ》を思わせるものだ。フクロウ、泣き女《バンシー》、空を駆ける雲のあいだの不気味な月。だがそんなものはなにひとつぼくの頭にはなかった。

むしろまるで逆だった……はじめてその家を偶然見つけたのは、夏の日曜日の朝、よくやっていたようにうまく教会をさぼったときのことだった。見まちがえる余地はなかった。練鉄で出来た門の唐草模様《からくさもよう》のなかには、その名前が記されていたのだ。しんとして明るい日のことだったとぼくは覚えている。太陽はいっぱいに、しかしおだやかに輝いていた。家は、丘と谷間のある淋しくて美しい場所にあった。そのうしろの石を投げたら届くくらいのところには渓流がかかり、雨のあとなどいっぱいに深くなって、いつも十五フィートか二十フィートくらいしたの岩のうえへ、自然のままの滝を作って流れ落ちていた。滝は低くたえまなく音楽をかなでるように轟き、その響きは鐘がじゃんじゃん鳴る音にも人の話し声にも似ていた。そしてそれはその日一日、余韻をひいて鳴りつづけた。

その家はぼくの知っていたところではある姫君《プリンセス》、しかも東洋の姫君《プリンセス》のものであり、ぼくにはそのひとがインドか、たぶんセイロンかシャムかどこか東のほうからきた、色の浅黒いひとであるように思えていた。(ひとがそのような姫君《プリンセス》であると同時に口紅水仙のようでもありうる――つまり水仙のように蒼白いということもある――ということに、ぼくは気がついていなかった) 貸し家札のようなものはなにもかかってはいなかった。一時的な借家人がそこを借りたりしたことが一度もないのが、ぼくにはわかった。だが姫君《プリンセス》自身は、この近くからいなくなって、もう何年もたっていた。それが何年くらいのことになるかについてはぼくには何の考えもなかった。当然ながら家はとてもうつろな黙りこくったようすをしていた。ある悲劇、それについての物語さえ残っていない愛の悲劇のために、この家の主《ぬし》は異国へ旅立ってしまったのだ。その話を口に出すとき、人びとはいつもきゅうにむっつりした顔になり、舌は用心深く重くなった。

しかし話をふたつ、みっつとつぎあわせて、子供らしいやりかたでまとめあげているうちに、ぼくはつぎのような結論に達した。(a)ぼくの姫君《プリンセス》はシバの女王と同じくらいきれいであり(賢かったのはソロモン王のほうだ)、(b)女王よりも若く、(c)短い生涯のあいだずっと、ひとりきりで淋しく暮し――濠をめぐらした邸にいたメアリアナのように――(d)もう死んでしまっていた！　そう確信するのは、気が進まなかった。だがそれでも彼女は死んでいなければならないとぼくは思った。彼女についてのロマンティックな考えをぶじに保っておくには、それ以外になかったのだ。しかもぼくは愚かしいことに、そうでなければいいとも望んでいた。またいっぽうでは、その家には幽霊が出るともいわれていたのだから、両方の考えを最大限に利用できないわけがあっただろうか？　ぼくがなにをいいたいか、わかってもらえると思う。

　とにかくこのように考えをめぐらすうちに、姫君《プリンセス》はぼくひとりだけの夢の人物のようなものになってしまった。それはなにか、若い心だけが創り出すことのできる――もっとも、詩人たちの仕事はそれを企てることだとぼくは思うけれども――いい表わすこともできないくらい美しいものだった。ロマンティックだろうか？　だが、それこそがこの世界のただひとつのほんとうの意味ではないだろうか？　じっさい奇妙に響くかもしれないが、ぼくもまたこの世間を知らない日々に恋に――乳離《ちばな》れをしない幼い恋に――おちていたのであり、その相手はひとつの幻だったのだ！

　さて、ぼくはそこに立ち、せっせと家のようすを検分した。うっとりさせられるいっぽうで、ちょっとはねつけられたようにも感じていた。誰か住んでいるのだろうか？　ほとんどの窓には鎧戸がおりていたが、うえのほうのふたつみっつにはカーテンがかかっているだけだった。誰でも何で

もいい、ここに宿を定めようとしたものはいないのだろうかと、ぼくはふしぎに思った。そこにはおろそかにされたような、荒れたようすがあったけれども、そうひどいわけではなかった。ほとんどのことは、苔や湿気やしみ、天候や季節のせいのようだった。ひと目見さえすれば、その家が幸福な人びとを住まわせたことのない場所だということがわかるだろう。すくなくとも最近の何年かについてはそういえた。ひと言《こと》でいえば、そこは打ち捨てられたように見えたのだ。それに家が打ち捨てられると、それをとりまく空気の感じまでが変ってくる。人間もまたそうしたものだ。

　樹の陰に隠れて、ぼくは家をながめながら立っていた。それからやっと近づいて、玄関に立ち、耳をかたむけた。ささやき声ひとつしなかった。答えてくるのは沈黙ばかりだった。そこでぼくは家のうしろのほうへいってみた。そして掛けがねのかかっていない小さな緑色のドアを見つけて、もう一度耳をかたむけた。だがきこえてくるのは落ちてくる水の音と、キリギリスの鳴き声のような、かん高くかすかに震える音ばかりだった――それは流れのほとりの繁みや芦のなかで、鳥たちがさえずるのにも似ていた。

　太陽の光はあふれるばかりだった。ひとりきりであるということなら、ゴビ砂漠のまんなかにいるのも同じだった。ぼくはそっとドアを押し開け、むこうをのぞきこんだ。石を敷いた廊下が、あきらかに台所と思われるほうへ伸びていた。ぼくはじっと見て、ききいった――だが鍋《なべ》ややかんがちりんという音も、しゅうしゅういう音もしなかったし、料理をしている匂いが漂ってくるけはいもなく、ただかび臭いばかりだった。ぼくは思い切って進んでいった。台所には鎧を着た騎士の上半身に似た、古めかしい焼き串まわしが立っていた。とほうもなく大きなテーブルや重い椅子、肉汁用のスプーン、錆びたナイフ、止った時計などもあった。火の気《け》はなく時計は止っていたのだ！そうだ、とにかく、料理番は家にはいなかった！

ぼくは想像のなかの幻の姿に導かれて、とうとう忍び足で二階へ上っていった。浅黒い肌に、深い思い出を宿した、暗い見捨てられたような眼。彼女はぼくにつきまとっていた。だがぼくはその幼い空想によって、彼女のためにできるかぎりのことをしたのだ！　長い廊下の端までいって、ぼくは開いたドアのところへきた。ほかはぜんぶしまっていた。このドアのところで、ぼくはまた立ち止った。ドアには美しく彩色した鏡板がはめてあり、カット・グラスの把手がついていた。ぼくはなかをのぞきこんだ。しかもあつかましいことに、陽の光がはいるようにと、両開きになった鎧戸をひき開けさえした。そこはぼくがそれまでに見たどんな部屋とも似ていなかった。勾配《こうばい》のゆるい刳《くり》形のある天井に、深い豊かな色彩、刺繍、今にして思えばペルシャのタイルや皿だったとわかるもの、それに当時もう流行おくれになっていたフランスの画家の絵がふたつみっつ。インドのものはなにもなかった。真鍮《しんちゆう》の女神像も、象牙《ぞうげ》も、詰めものをした象も、象牙の彫り物も、真珠母《しんじゆも》もなかった。そしてきこえるのはあの水の音——ききなれない、しかしうっとりするような言葉を話す、うつろな音楽のような音ばかりだった。その部屋は女部屋《ブードワ》のようなものであるようにぼくには思えたが、とてもこまかな埃がテーブルに薄いヴェールをかけ、ガラスを曇らせているのをのぞけば、なにひとつだめになってはいなかった。そして窓の反対側の壁には、陽の光に照らされて肖像画が一枚かかっていた。誰のものであるかは、ぼくにはすぐにわかった。ぼくが想像していたのは、浅黒く、若く、美しい、姫君《プリンセス》だったが、その絵はまさにそのとおりだった。もっともその蒼白い頬には、浅黒さの影もなかったが、それでも、なんとふしぎなまでにそっくりだったことだろう！ぼく自身が自分でその肖像画を描いたとしてもいいくらいだった。

ぼくをじっと見かえしている暗い淋しそうな眼は、ぼくの愚かな子供っぽい夢をわけあうか、すくなくとも理解しているように見えた。時というものが静かな美しい顔に似ているといえるなら、その顔は詩に似ていた。それはそれ自身のいだく空想の数々でいっぱいになっていた。その瞬間ぼくの霊魂がどこまで飛んでいったか、ぼくにはとても考えてみる勇気がない。鼠《ねずみ》か二十日鼠《はつかねずみ》が走りまわっているらしいかすかな音がしたからきこえ、ぼくはなかにいるところを見つかるかもしれない立場にいるということを思い出した。そこでぼくはきたとき以上に用心しながらそこからすべり出して、ぼくの発見については誰にもいわないでおいた……

ぼくは夢見たひとの姿にちがいないものを見て、幽霊を見たよりもずっと慰められた。それはまるで美と危険とが住むアラビアン・ナイトのお話のなかに侵入したようなぐあいだった。ひとつの結果として、ぼくはもう姫君《プリンセス》が死んだということに疑いを持たなくなった。だが、ときが行なう埋葬の手段は墓場だけではないということを、ぼくは学ぶ運命にあった……

ぼくがまたあの家へいったのはとても寒い冬の日――一月の午後のことだった。氷がはったために滝の轟く音も小さくなり、鳥のさえずる声もせず、ただ丘のあちこちで田鳧《たげり》の叫ぶ声がきこえるばかりだった。このときは、ぼくはさえぎるものもなくひろがる踏まれていない雪の荒野をわたって、うしろから家に近づいた。冬の小さな太陽が空で明るく燃えていたが、暖かさはほとんど感じられなかった――それはむしろ南の空に低くかかるランタンに似ていた。数えてみるともうそれが沈むまでには一時間となかった。裂けた水晶のような白い霜が、ドアの青緑色のペンキのうえでちらちら光っていた。家のなかはさらにいっそう寒く、墓場のように静かだった。静かすぎるくらいだった。

動物のような本能のせいか、ぼくは今度は自分が家のなかにひとりきりではないような気がしていた。あの部屋のドアの前の二階の廊下で、ぼくはたっぷり二分くらいも耳をすまして立っていた。だがひと目ちらりとのぞいたところでは、なにもかもいいぐあいだった。鎧戸はぼくがそこを離れたときのままに開いていていた。もっとも今は太陽の光がまっすぐにさしこんでいるわけではなかった――壁や天井は雪のうえで反射した冷たく堅い光で、この世のものではないかのように輝いているばかりだった。

なかなか信じてもらえないかもしれないが、若い心の愚かさというものはたいへんなもので、ぼくはじっさいそのとき早咲きのスノードロップの花束をたずさえていた。あとでわかったように、それ以上に不適当な選択をすることはありえないくらいだった。冷たく明るい静けさのなかで、ぼくは歓迎してもらおうとするかのように、すぐに肖像画のところへいったが、そのとき奥の部屋へのドアが開いているのに気がついてぎくりとした。

ぼくは忍び足で窓のところへいった。眼のしたにインクのように黒く見えたのは玄関に寄せて止められた四輪馬車で、轅《ながえ》のあいだでは老衰した馬が雪のうえに汚れて黄ばんだ白い身体をさらして眠っているようだった。ぼくは狼狽してそれを見つめた。そうして見おろしながら立っていると、絹がかすかにさらさら鳴る音がし、異国ふうな香りが漂ってきて、ぼくは罠《わな》にかかった生きもののように振りかえった。

むこうの部屋の戸口のところには、蒼ざめた顔に紅をさし、飢えた猫のようにやせた身体に豪華な衣裳をまとった、鼻の薄いやつれた老女が立っており、その黒い眼はじっとぼくのうえに据えられていた。幽霊じみた雪明りのなかでは、彼女が実在しているのか、幻なのか、一瞬かそこいらぼくにははっきりわからなかった。彼女は飾りたてた衣裳で頭を斜めに据え、こわばった白い顔で身動きひとつせず、まるで実物大のマリオネットのようにグロテスクで威嚇《いかく》的に見えた。そのうえ、人間にはすべて実在の程度というものがある。彼女はいろいろな意味で「作られた」もののように見えた。幻ではないかということについては、彼女はすぐぼくの誤りを悟らせてくれた。頭を振りながら彼女は話しはじめたのだが、その声はがんがん叩かれてだめになった。学校の古いピアノの弦の耳ざわりな音に似ていた。

「はじめましてというのかね？　歓迎が冷たすぎたかもしれないね」

　ぼくは返事をしなかった。すると老女はぼくが誰なのか、どうやって家のなかへはいったかをきいた。彼女のおかげで死ぬほど驚いていたぼくは、呟くように名前をいい、どこからはいったかを説明した。すると今度は、何のためにきたのかとたずねられた。ぼくはそれには困ってしまった。

「なにかを見つけようと思ったんだろうね」と老女は嘲るようにいった。「ええお若いの、カササギにだって舌はあるよ。ここのなにが欲しかったにしたって、とにかく食べるものはなにもありゃあしないよ。それはうけあってもいいね」

　老女は紅をさした蒼白い老いた頬をすぼめて、にやりと笑った。そしてぼくの手のなかのスノードロップのほうをあごで指した。

「それは何にするのかい？」と老女はきいた。

　顔が当惑のあまり砂糖大根のように赤くなっているにちがいないと思うと、それだけでぼくはいっそう臆病になり、返事をするのがいやになった。そして、それはあるひとのために持ってきたのだといった。

「『ある、ひと』？　あるひとがここにいるのかい？」と老女は鋭くいいかえした。「誰だい？　いつのことなのかい？」

　ぼくはためらいながら頭をまわして、壁の肖像画をちらりと見た。それから、やはり返事のできないままに、ふたたび眼を老女のほうに据えた。

「あれのためだって？」と老女は叫んだ。「彼女のためなのかい？」老女が驚いているということには思いちがえる余地はなかった。「やれやれ！　この若紳士様はわたしがそれを信用すると思ってるんだね！　絵に花をね！　かわいい話じゃないか――ほんとうじゃないにしてもね。おまえさんはあれを誰だと思っているのかい？」

　ぼくはかつてこの家に住んでいた姫君《プリンセス》のことをきいたことがあるのだと説明した。ぼくの父親が姫君《プリンセス》のことを話していたし、召使いたちもいっていた。老いて疲れはてたような老女の顔は表情を堅くし、黒い眼はぼくの骨の髄へ突き通るかに見えた。

「姫君《プリンセス》だって？　どういったふうな姫君《プリンセス》だかきいてもいいかい？」

　ぼくは彼女が東洋からきたと考えているということを話した。

「それでまたいっちまったのかい？」

「ぼくが思っていたのは」とぼくはいった。「そのひとはもう……」そこでぼくはいいよどんだ。

「何だって？　そのひとはもう？　そのひとはもう――どうしたのかい？」

「亡くなりました」とぼくは答えた。そして頭を垂れた。

こういったときの老女の顔の変化をくわしく記すことは、ぼくにはできない。たしかに憤慨《ふんがい》したようなようすはまるで見えなかった。じっさい、一瞬のあいだその顔からは気むずかしげなようすが消え失せ、年老いた感じも、あざ笑うようなところもなくなったようだった。過去にあった別の顔が、かすかに浮きあがってきていたのだ。そのときそれが誰の顔であるかわからなかったとは、ふしぎなことに思える。

「ああ、『亡くなりました』」と老女はくりかえした。「じゃあその姫君《プリンセス》は死んだんだね？　みんながいってるのは、そういうことなんだね？　それはけっこうなことだ。それにしても、あまり敬意を払っていないと思わないかい？　ところでおまえさんは、おまえさんの姫君《プリンセス》がどんなようすになってると思ったのかい――ええ、もし彼女が死んでいたらね？」ぼくはその問いに含まれた陰鬱なほのめかしを無視したが、ちょっとのあいだそれに魅せられてしまった。ぼくはもう一度絵のほうへむかってうなずいてみせるほかなかった。

「あんなようすです」とぼくは答えた。

「まったく天真爛漫《てんしんらんまん》で魅力的な答えだね。じつにかわいいよ」と老女は嘲った。「秘密に会う約束でもあるのかい？　けど、お若いの、もしその若い御婦人が死んでるんなら、誰がその約束を守ると思ったのかい？」

老女の眼はさらにいっそう余念なく、ぼくの黙った顔に据えられた。「幽霊が出ると思ったんだろうね？……そうなんだろ？」

ぼくには首を振ってこうつけくわえる勇気しかなかった。「ぼく、こわがったかもしれないなんて思いません」

「こわがらないだって、え？」と老女はあざ笑った。「幽霊を見てもかい？ まるで小さいサー・ギャラハッドだね！ それじゃおまえさんはわたしを見たときに、ほんのすこし以上にはこわがったりしなかったとうぬぼれてるのかい？ やれやれ、ちびさん、おまえさんの頬っぺたからは血の色がなくなってたんだよ――あんなふうにね。薬を一服のみこんだみたいだったね――ひまし油をね。でもたぶんおまえさんはわたしを幽霊だと思ったんだろうね？」

ぼくらのあいだにはまた沈黙がやってきた。もし思いちがいでなかったら、滝の音はすこし調子を変えたようだった。だとすると、霜がひどくなっているのだ。静かで美しい部屋は、地下納骨堂のなかのように冷たく、しんとしていた。ぼくは手に冷たい汗を握り、蛇に魅入られた小鳥のような眼をして、質問者を見つめつづけた。

「はじめはたぶん、ぼく、あなたを幽霊だと思いました」と、ぼくはやっとのことでいい出した。「あなたが何なのか、よくわからなかったんです。最初はとにかく、そうでした。ぼく、それを見てびっくりしたんです」

「それだって？　最初はだって？　だけどわたしに肉もあり、ええ——それに骨もあるとわかってからのことはどうなんだい？　よけいにひどくこわがってたんじゃなかったかい？」

「いえ、そんなことありません」とぼくは嘘をついた。そして、その嘘を隠そうと、大急ぎでこうつけたした。「ここにいて見つかったことは別ですけど」

「なるほど」と老女はよく考えるふりをして、からかうようにいった。「じゃあ、スノードロップはどうなんだい？　それは絵に贈るものなのかい、それとも幽霊にかい？」

ぼくはまた首を振った。そして「ただ置いとくだけにするつもりだったんです」といった。

「まったく、ちょいとした騎士物語さね！　子供ってものはちゃんとやってゆけるようにしこまなきゃならないね。おびえることはないよ。誰でもみんなそのへんから始めなきゃあならないのさ。けどわたしにゃあどうしても、この押込《おしこ》み強盗《ごうとう》のちびさんが、としのわりにおそろしく遅れてるのか、それともとんでもなくませてるのか、わからないよ。おまえさん、いったいいくつだい？」

「はっきりおいい」と老女は、ぼくが答えるといった。「そんなふうにわたしをこわがる必要なんかありゃあしないよ。たぶんおまえさんはその花束をいけるのに、ちっちゃなかわいい花びんと、冷たいきれいな水がすこし欲しいんだろうね？　おやおや、さあ。しゃんとするんだよ！　わたしゃ空想家ってものには我慢ができないんだよ」

ぼくはもうみじめさと怒りと恥かしさとで、泣き出さんばかりになっていた。老女はそれに気がついた。その顔はすこしやわらいだ。「そうだね」と老女はつづけていった。「おまえさんの慰めになることがひとつあるよ、作り話なんかするんじゃないがね。わたしは年寄り鸚鵡《おうむ》に似てるかもしれないけど、作り話はしないのさ。絶対にね。そんなことは誰かにやらせておくんだよ」そして老女はテーブルのそばにすわった。

「こっちへおいで、握手をするんだよ」夕暮れの最後の光が部屋から消え去ってゆこうとしていた。そしてそれよりも蒼白いかすかな光が忍びこんできていた。ぼくはためらってから進み出て、手をさし出した。

「おやまあ」と老女は叫んだ。「まったく礼儀を知らないんだね！　もしあの若い御婦人がここにすわってるんだったら、おまえさんが握手をするのにそんな気のない手を出したりしないことは、うけあってもいいよ。小さなプラトニストとしても、たいしたことはないね！」老女は刺繍をした手袋をひっぱって脱ぐと、青く静脈の浮いた手をぼくのほうへ突き出した。骨ばった指には古い指輪が三列に並んでいた。「さあ」と老女はいった。「おまえさんにあげようにも、ミンス・パイもケーキの切れはしもないんでね、これでも味わってもらうよ！」

ぼくはいやでいやでしかたがなかったけれども、老女のいうとおりに、その冷たいやせた手にキスをした。

「さておまえさんは、自分の恋人がもう死んだと思ってるんだったね――あのうえで横をむいて、したのほうをちらりと見ている、無邪気で愛らしい妖精《ニンフ》がね！　じゃあ、ちょいとした秘密を教えてあげるよ。けど、召使いどもなんかにはいわないように気をつけるんだよ！」老女は年老いた肩のうえで頭をかすかに震わせながら、ぼくを見つめて待った。「いいかい、幽霊にはふたつの種類があるんだよ。くらべるとしたら木の実みたいなもんだね。いっぽうは核で、もういっぽうは殻《から》というわけさ。今おまえさんが見てるのは、殻のほうだよ。そう見えるかい？　そっちの種類の幽霊に見えるかい？　そうして、そう――死んでるように見えるかね？」

神様だけが知っていることだけれど、ぼくはそれまでにある意味でこれほど死と縁遠く、そのくせ危っかしいほどその近くにきているというような人間に会ったためしがなかった。ぼくは眼に苦痛と嫌悪とが浮かぶのを隠そうとして、顔をそむけた。そして子供のやることというのはそうしたものだけれど、スノードロップの花束を上着のポケットにつっこみ、もういっぽうのポケットから汚いハンカチを出して泣き始めた。老女はぼくがもう一度手さぐりをしながらハンカチをポケットに押しこむまで待っていた。

「やれやれ！」と老女はいった。「四月のにわか雨のようだね。しあわせな夢さ」そしてぼくを欺《あざむ》くと共に自分をも欺こうとするかのように、気取った嘲るような震え声でこうつづけた。「だめ、だめ、お若いの。

涙ぐみ胸うちたたき、嘆くべきことにはあらじ

さげすみもそしりも罪も、なべて消え、影さえもなく
ここなるはただに良きもの、うるわしきものばかりにて
静かなりわれらが心……」
老女はまたためらってから、金属的なまでに強く、そのくせ嘲笑に震える声でつけくわえた。「『静かなりわれらが心、かくばかり気《け》高き死ゆえ』。まあ、こんなとこで勘弁《かんべん》して、そっちへかえしてあげるよ」そして肖像画のほうへうなずいてみせた。「無邪気で非のうちどころのない、おまえさんの恋人のところへね……彼女を愛してるかい？……そうなのかい？……おや、返事ができないところを見ると、そうじゃないらしいね。まあつぎのときには、え、小僧さんや」と老女は、ぼくのキルトと腰に下げた袋をちらりと見ていった。「もう少しばかり中身のある、絵にかいたりしたんじゃないものに心を留めるようにするんだね。また同じようなことじゃだめだよ……ところでと」と老女は、老いた指で手さげ袋から鍵束をとり出した。「ちょいとした記念品も悪かないね」
老女は立ちあがってうしろの壁ぎわに置いてあった支那《しな》ふうの小さな箪笥《たんす》の鍵をあけると、柘榴《ざくろ》石で縁どった楕円形の細密画を、開いたケースごとぼくのほうへ差し出した。ぼくは冷たい月光のなかでそれを見つめた。それの価値についても、細工の技術についても、ぼくはなにも知らなかった。それでもそこに描かれた子供の顔を見まちがえることはなかった——それはレオナルドのような画家でさえ見とれてしまうような顔だった。

「これがね」と老女はとがった指の爪でガラスを叩きながらいった。「これがつまりあれの」そしてもう一度肖像画のほうへうなずいて「前にあったのさ。そして、これはね」と老女は口をゆがめ、胸を叩いてぼくに皮肉っぽいおじぎをしていった。「これはその両方ともが行き着いた先なのさ……。あっというまにね、わかるかい――わたしなんだよ」

老女のまっ暗な眼には遠いきらめきが忍びこんできていたが、それをのぞくとすべては燃えつき、灰のように静まりかえっていた。

「さて、いっておくれ」と老女はつづけた。「もし召使いたちのうわさ話がこうだったら、つまり、もしおまえさんが今日、強盗にはいる前に、あのきれいなおまえさんの恋人がどうなったかを知っていたら、それでもきたかい？　それでも、今夜ここにきてたかい？……ぽかんとしてるんじゃないよ。返事をおし！」

ぼくは真実と臆病とのあいだでためらいながら老女を見つめていたが、ぼくの眼はその塗りたてた顔のうえで、撃たれた鳩の眼のようにきょろきょろしていたにちがいなかった。そしてやっとのことで、かすかに頭を振った。「いいえ」とぼくはいった。「知ってたら、きませんでした」唇がすっかり乾いていたので、ぼくは声を出すのもやっとだった。「でもあのひとは」とぼくは絵のほうに頬をすこしばかりむけた。「あのひとはあんなじゃなかったんですか？　そのころでも？」

ぼくらのあいだの沈黙と冷ややかさと、奇妙な光と淋しさとは、いっそう厳しくなり、家ぜんた

いが耳を傾けているようだった。「なんとまあ！」と老女はかん高い声をあげた。「この子は救いがたいね！　わたしらはもっと前に会っているべきだったたよ。『あるいはそれもありえたものを……』さあ、わたしが考えなおす前にそのがらくたをポケットに入れて、とっととおゆき。このつぎのときには人捕り罠に気をつけるんだよ！」

老女の嘲笑的な顔はまた表情を堅くした。それを見たぼくは、心の奥で貸し借りなしにしようというばかげた望みにかられたのか、もしかすると埋め合わせをしたいと思ったのか、ポケットからスノードロップの小さな花束をとり出して老女に差し出した。老女はそれをうけとってむさぼるように土の匂いを嗅ぐと、むこうをむいてそれを簞笥にしまい、戸に鍵をかけた。そして老女がまたなにかいうよりも早く、ぼくはその命令に従って姿を消していた――そとへ出ると冬の月の光がいっぱいで、踏まれたあともない雪が美しかった。

はじまり

「一言にしていうならば、人は己れの想念を混沌のなかに投げ入れるよりも、むしろそれをひとつの像、すなわち一枚の絵に結びつけるべきなのであろう」

ベーコン『友情について』

伯爵の古い書きもの机の隅に、わたしはつぎのような日記と手紙類を見出した。簡潔にするために一、二節を省略したが、そのほかはこの若者が語るそのままになっている。明らかにこの仕事は彼の気に染まぬものではなかったようだ。まずはその若さが彼の弁解の理由になってくれるだろう。手紙は見出されたときそのままに、茶色の包装紙に包まれ、赤い紐《ひも》で結ばれてここに置かれている。そしてそのうえには大きなFの字がひとつ記されているだけである。

一八——年四月二十五日。一日じゅうひどく憂鬱だった。どうも人間の気分という奴は、シーソーに乗りっぱなしでいるみたいなものらしい。ほんのちょっとしたことで空中に舞いあがるかと思うと、地獄《ハーデス》へまっさかさまだ。弱ってしまう。ファニーはどうもあまりぼくを理解していないようだ。ぼくには彼女がぴったりこない。ときどき思うのだが、もしぼくを熱烈に信じてくれる誰か、つまりぼくのより高い自我にとっての友になってくれる誰かがいさえしたら、ぼくにもこの世において真に偉大といいうるようなことがなにかやれていたかもしれない。しかしけっきょくめだたないでいるほうがより哲学的だ——それにまちがいなくそのほうがめんどうがすくない！　それにしても浮わついたおしゃべりばかりというのにはまったくうんざりだ。女は抽象的なことになるとまるで駄目だ。とにかくぼくにはそう見える。ぼくは自分のみじめなありさまが死ぬほどいやになっている。このかび臭い鈍った世界からは、精神的な力という力がすっかり失《う》せてしまっている。禍《ヴェー》なるかな敗れし者《ヴィクティス》。

四月二十六日。午後、本町通りでファニーに会った。買物に出てきたとのことなので、しばらくいっしょに歩いた。けれどぼくには自分がやらなかったことや、やろうと思いさえしなかったことに対して許しを願ったりして自分を卑しめる気はなかった。彼女は通る人を誰かれなしにながめて気のない返事をするばかりで、その顔ときたらまるで無関心なふうだった。そこでぼくはいったいぼくがなにをしたのか教えてくれるよう頼んでみた。すると、とうぜんのなりゆきとして、彼女は泣きだしてしまった——それも帽子屋の店のそばの角のところでだ……店員がボンネットのあいだからぼくらのほうを見ていたので、ぼくは腹をたてずにはいられなかった。そうすると彼女はかっとなって、ぼくにいってしまって二度ともどってくるなといった。彼女が泣いているところをぼくが見たから、ぼくを憎むというのだ！　そこでぼくは握手をして、それから店員のことを教えてやった。

「どうせそうなのよ」と彼女はいった。「あなたはあたしにばかな真似をさせて喜んでいらっしゃるだけなのね。自分がばかだってことくらいあたしにもわかってるけど、でもあたしをここへ連れてきて人の笑いものにするのもそうお利口なこととはいえないわ」もちろんこんないいぐさはまるで理屈にあわないので、ぼくは彼女にそういってやった。しばらくしてぼくらは仲直りをし、マルテリーニの店へいってお茶を飲んだ。女というものはよくわからない。が、十分に考えたら理解できそうでもある。女たちには自分のことがわかってはいまい。それはかなり確かなことだ。

四月二十六日。（ファニーからニコラスへの手紙）

午後十時十五分
寝室にて

あたしの親愛なるニコラスさま

あたしたちがお菓子屋さんにいるところを、ママに見られてしまい、ひどく困ったことになっております。ママはそれがとてもはしたなく見えると申しますの。パパたちのころにもママはそんなふうにお体裁《ていさい》を考えたりしたのかしら！　でもあたしたち、もうあんなことをすることはできません。ほんとうにあたし、とても楽しかったのですけれど、ね。こんばん、あたしたち音楽会に参り

ます——二列目です。切符の余分はありませんので、どこか離れたところにすわって、あとで偶然にそばへきて下さいません？　ママとローラがいっしょで、たぶんヘリオット氏もくると思います。だからちょうどぐあいがいいのです。あたしは彼がぺこぺこしていると思うのですが、ローラはそれは策略だといいます。あたしは感情としてはそう思わないばあいでも、策略というものを憎んでいます。あなたはいかが？　あたし、不きげんにしててごめんなさいね。でもあなたはときどきわざと冷たくしていらっしゃるみたいなんですもの。どうぞ音楽会にいらして、あたしがあなたを見られるところにすわって下さいね。もしそうして下さらなかったら、あたしはほんのすこしだって楽しめないと思います。ボルソーヴァー夫人が「メイ・クイーン」を歌いますの！　それから第二部ではハリエットがギターを弾きます。

変らぬ愛情をこめて
あなたのファニー

追伸　あの無作法な店員が本当にあたしたちを見ていたとお思いになりまして？

四月二十七日。R伯父より手紙。ぼくがここで怠けているならコーンウォールに閉《と》じこめるぞとの脅しだ。この話にはふたつの意味がある。まったくすてきな保護者だ！　昨夜、昔の家のとても鮮かな夢を見た。ぼくはあそこをもう十三年も見ていないのだ。ぼくは鉄の門のそばに立って、母さんがショールをまとって庭を歩いているのをながめていた。食堂では火が燃えていて、窓には炎が輝いていた。それから母さんがうえを見上げ、夢はそこで終った——まるで夢の神《モルペウス》が灯を持ち去ったみたいだった。昔のものごとにはなんとなくものうい味わいがある。そうしたことをみんなすっかり忘れてしまったりして、ぼくは自分が裏切り者になったような気分だ。いつか午後にでも出かけていって、死に絶えた過去をよみがえらせるとしよう。いまやぼくは思い出にとりつかれているようだ。もちろんこんなことはばかげているし、ただの連想のつながりに過ぎない。ファニーから手紙。さてはやっぱり夫人はぼくらの小さな宴《うたげ》に気がついていたのだ。彼女は、甘さをみんな大きさととりかえてしまったグズベリーを思い出させる。夫になることを天職としない男だっている。知的な生活はなによりも高潔なものなのだ。そう、ぼくはそのうち灰色の髭をはやした涙もろい老人になることだろう。十分に長生きするほどのばかなら、誰でもそうなるのだ。新しい上着とズボンが届いた。ズボンのほうはあした送りかえそう。ぜんぜんぴったりしない。

寂しき小夜中
ファニーよ、われ君を想う
君がけむる瞳をしのべば
そはさならが祝福のごとし

そよ風はわが心に
　そっと君が名をささやく
君が心に愛の宿らば
　そはわがこよなき慰め
もう寝よう！

四月二十八日。暖かい。洋服を送りかえす。なにもなし。
四月二十九日。緋色の貴婦人!!!　ぼくは二時ごろ出かけた。するとそこには、まるでこの年月のあいだずっとガラスの箱にはいっていたかのように、昔の場所がそのまま残っていた。ぼくはせまい通りをのんびりと歩いていった。おがくずのなかには前と同じ毛の縮《ちぢ》れた貧弱な猟犬が（あるいはその孫が）横たわっていた。「本棚」には以前と同じみすぼらしい埃だらけの本が「金ぴか」の列をなして立ちならび、その題名の飾り文字のあいだからは、あいも変らぬパークス婆さんが（今では銀髪になり、林檎いりの蒸《む》し団子《だんご》みたいなかっこうで）顔をのぞかせていた。ただあらゆるものが奇妙なほど小さくなっていた。ぼくはウェルテルか、あるいはこうしたことからいうならリップ・ヴァン・ウィンクルになったような気がした。誰ひとりぼくに気がつく者はなかった。だがぼくはその秘密めかしさを楽しんでいた。さらに先へ進み、岡のうえの栗の樹のしたを通ってヒースの野に出た。そこまできてぼくはめそめそしたばか者みたいに、泣くのをこらえてまばたきしなければならなくなった。

でもじっさいそうだった以上、ぼくはそれを恥ずかしく思ってなどいない。ものごとはあるがままにあるべきなのだ。人生においてこうした哲学を身につけていさえすれば、いかさまだらけのばかげた俗衆にまどわされる心配はない。さてぼくはそうしてハリエニシダの茂みのなかを進んでいった。そして午後の五時ごろ、家が見えるところまできた。それはまさにぼくが覚えていたとおりの姿でそこにあった。ぼくはゆっくりと近づいていった。「うちへ、うちへ、うちへ！」そしてやがて門の横木を握って、ぼくは見慣れた場所をのぞきこんだ。食堂の窓にはカーテンがかかり、煙突からは煙が立ちのぼり、台所のそとの庭では老人がひとり土を掘りかえしていた。その姿をぼくは生け垣ごしにちょうど見ることができた。ところがそうやって梟《ふくろう》のように眼を見開いてつっ立っていたとき、足音がぱたりと止むのがきこえた。

（これは感覚というものが自我にむすびつけられているわけではないということの、ひどく奇妙な実例だ。なぜかというにぼくには足音そのものはきこえなかったという確信があるのだから。）

振りむくとそこには娘がひとり、頭のてっぺんから足のつま先まですっかり緋色をまとって立っていた。彼女はどちらかというとやせていて蒼白く、ビーバー皮の帽子のしたから真面目《まじめ》くさった顔でぼくを見ていた。彼女を見ると誰かを思い出すような気がしたが、ぼくにはそれが誰だかどうしてもわからなかった。やっとのことでぼくはどもりながら彼女にあやまり、門を開けてやった。すると彼女はしかつめらしくおじぎをして、やっぱりきらきら光る真面目くさった眼でぼくを見つめながら通っていった。そのうしろから門は、昔ながらのいななくような悲鳴を天まであげて閉じてしまった。ところがぼくが今にもいってしまおうとしたとき、彼女はいっぽうの手を決心がつきかねるといったようすでマフから出し、赤い袖《そで》を傷ついた小鳥の羽のようにぶらさげたままぼくのほうをむいた。そしてちょっとばかりひそめた眉を上げたり下げたりしてから（これは彼女のくせなのだ）ひどくびっくりしたことにはぼくに話しかけてきたのだ。その声はやわらかくて軽快でいろんな音色《ねいろ》に満ち、かなりきれいだった。

「あのう、失礼ですけど」と彼女はひどく神経質そうにいった。「わたし、もしかすると、そのう、あなたもしかすると庭をお歩きになりたいのじゃありません？」

こうなるとどうしてもなぜぼくが彼女の家の門を見つめていたのかを白状しないわけにはゆかなくなった。誰が見たってぼくははじめて女というものを眼にした人間のように見えたことだろう。彼女はまだいささか混乱しているようだった。

「まあ、それじゃ、どうぞはいってきて下さいな！」と彼女はいった。「あなたがもう一度すっかりぜんぶごらんになれば、父もとてもよろこびますわ。わたし、あのう——立っていらっしゃるのを見て、すぐにわかったのです。背中の曲げかたとか頭のひねりぐあいとか——その、動作のちょっとしたなにかなんですわ。あら、でもこんなことあなたにはとてもおかしくきこえるにちがいありませんわね。あなたはわたしなんか、幽霊がちらりとしたほどにさえ見たことがないはずですもの――そうでしょ？　夢のなかでも、目が覚めていてもね。ふしぎだわ。わたしのほうはあなたを知ってますのよ、それも、とってもよく。でもまったく同じ顔じゃあないわ――賢そうにおなり――いやそうじゃないわ、経験をお積みになったのね。ここに住んでらしたのはもうずっと昔のことなんですものね」

　彼女はひとりごとをいっていたのだったかもしれない。その声はそれほどよどみなく流れつづけたのだ。「十三年になります」とぼくはいった。「でも、どうして――」

「ああ、そうですわ、そうですわね」と彼女は答えた。「ちょうど十三年前でしたわ――十三年！……わたしの父がこの家を買いましたの」

「それじゃお父さまはわたしの、その――遺言《ゆいごん》執行人からこれをお買いになったにちがいありません」

「そうですわ、お気の毒に。そのころはあなた、こんなに大きくはありませんでしたものね。ちょうどこのくらい、わたしの腰の高さくらいだったんじゃないかしら。長いまっすぐな髪で、蒼ざめた顔に大きな眼をしてて。ああ、わたし、ときどきあなたのことをかわいそうに思ってましたのよ」

　ぼくは彼女の哀れみに対する感謝の念を大げさに表わしすぎたかもしれない。彼女は謎めいた笑いかたをしてからドアを叩いた。するとスリッパをはいた中年の女がドアをあけた。そして薄い灰色の眼ですばやくぼくのほうを見た。「ニコラスよ、ヘレン」と緋色の貴婦人はいい、もう一度ぼくのほうをふりかえった。

「ほんとですか、お嬢さま?」と女はいった。そしてつやつやした髪を手のひらでこすった。言語《ごん》道断《どうだん》な女だ!

「ほらね!」と『お嬢さま』はまたぼくにむかっていった。「わたし、あなたのお名前まで知ってますのよ。なかへはいって父に会って下さらなきゃ。そうして、いっしょにお茶をおあがりになるの、お願いね、ヘレン。ニコラス氏はわたしの蜂蜜を味わって下さらなきゃいけないのよ。庭のほうはあんまりきちんとなってるとはいえないようですわ——すっかり荒れて茂りほうだいで。トーマスは年をとってしまったし、鳥が群れをなしてやってくるものだから果物はみんな食べられてしまいますの、桜んぼも苺もみんな! わたしたちの口にはいるのは一年にひと皿もないくらい。でも歌はきけますわ——小鳥たちの、ね——ちょうど十三年前にあなたがおききになったのと同じですわ」彼女はまるでずっと以前からぼくをよく知っていたみたいに、とめどなくしゃべりつづけた。それでもその手が震えているところを見ると、ぼくに対して神経質になっていることはたしかだった。彼女は母さんの小さな居間だったところのドアを開けた。その瞬間ぼくの心のなかにはすぎ去った日々のその小さな部屋の光景がぱっとひらめいた。モスリンのカーテン、苔薔薇色の絨毯《じゅうたん》、青絹の裁縫籠、母さんの大好きだった小さな籐椅子、母さんはよくそれにすわって張り出し窓のところで針仕事をしていたものだ。

しかし今ではそうしたものはみんななくなり、そこにはやせこけた老紳士がひとり、空《から》っぽな暖炉を前にして堅い木の椅子にしゃちこばって腰をおろしているだけだった。壁の棚のうえではふたつ折り本から十二折り本に至るまでのさまざまな書物がかびくさい列を作っていた。半分壊れかけたような古い時計が時を刻んでおり、張り出し窓の片側ではがたがたの書きもの机が書類の山に息をつまらせてあえいでいた。

あたりには死のにおいがたちこめていた。ぼくらが近づいてゆくと老人は不承ぶしょうに本を置き、その椅子からぎごちなく立ちあがった——街灯の柱のような男だ。それに大きな高い鼻がついている。彼はうつろな眼をしたままぼくの手を握り、教師じみた態度で頭を下げた、ぼくはまるで呼び出されて叱られているような気分になった。それもむきだしの床のうえへだ！

「この紳士は家をながめて庭をお歩きになるためにいらしたのよ、お父さま」とフローレンスはいった。彼はもう一度頭を下げた。フローレンスは眉を上げたり下げたりしてから咳《せき》ばらいをした——これも彼女のちょっとしたくせのひとつだ。

「ここはほんとはこのかたのお家なんだわ、とうぜんのことだけど。わたしたちは野蛮人に——不法侵入者にすぎないのよ。このかたはほんの小さな子供だったの。ここで生まれて、そうして家じゅうの隠れ場所や割れ目や戸棚や、それから隅っこなんかもみんな知っているのよ。うけあってもいいわ。それに窓からながめる景色もぜんぶね。絵本のページをめくるのとおんなじ。胡麻よひらけって唱えたら、すっかりそこにあったってわけなの。わたし、このかたがちょうど昔やっていたのと同じようにして——十インチは高くなってだけど——門の横木のあいだからなかをのぞいているのを見つけたのよ。それだもの淑女らしくないふるまいとはいえ、どうぞおはいり下さいっていう以外考えられるかしら」そういうと彼女は窓のほうへゆき、書きもの机と壁の鏡板のあいだにからだをすべりこませてぼくたちに背をむけ、そのままじっとそこにたたずんだ。むきだしの部屋のなかに彼女の真っ赤な姿を見るのは奇妙な感じだった。老人はまるで仮面のような顔をしていた。「なにかお役にたてることがあればさいわいです」と彼はいった。「子供時代というものは、じつに深く根を張っておるものですからな。その最初の何年かにわれわれは自分のいる場所を学ぶのですよ。この家のなかにあなたが憶えておいでのものがたくさんあることは疑う余地がありませんな。どうぞどこでも御自由にごらんになって下さい。わたしはたしか以前あなたの母上にお目にかかったことが……」

　すると娘はぱっと振りむいて「『母上』ですって！　このかたのお母さま？」といった。「そんなことはじめて……ああ、きかせてちょうだい……あら、だめだわ……」そしてぼくを傷つけるのを恐れるかのように、心配そうにこっちを見た。「さあ庭を見にいらっしゃらなくちゃ」彼女は微笑とともにぱっと話題をかえてこうつけくわえた。「じゃないとすぐ暗くなってしまうわ。いらっしゃらない？」

「庭にはお供いたしませんが、お許し願います」と老紳士がいった。「じつはあまり手入れがゆきとどいているとはいえないのですが。なにもかもが好き勝手に育っているといったふうでしてな。娘がそのほうがいいといいますし、じつはわたしもそのほうが好きなのですよ。どうかほんとうに気楽になさって、それからもしお役にたつことがあったら何でもおっしゃって下さい」ぼくはフローレンスが老人のそばを通るときその手をぎゅっと握りしめるのを見た。

「すてきじゃなくって？」と彼女はいった。

「わたしいつもいってたでしょ、このかたがきっとみえるって——」

「空想だよ、ただの空想だよ、おまえ」と老人はうつろな調子でいった。「空想を信じるのは危険なことだよ。ものごとはすべて過ぎ去ってゆくのだからね。すべてはその本質のままにあって、そこには変化というものはないのだよ」

老人はまるで神々を相手にしゃべっている古代の哲学者といった風情《ふぜい》で、まっすぐに突っ立ったままこんなふうなことをいった。そのときになってはじめて、ぼくは老人が牧師であるということに気がついた。なかなか非凡な老人だ。いささか奇矯《ききょう》ではあるが。実在そのものといった感じ。

「さあ、わたしあなたに秘密を打ち明けなくちゃいけませんわね」とフローレンスはいい、ぼくを階段のしたまで連れていってそこに待たせたまま、歌いながらうえへ駆けあがっていった。おかげでぼくにも考える暇ができたわけだ。

この家のなか、身を切られるほどに親しくて、それでいてすっかり変ってしまったこの家のなかに、ふたたびたったひとりで立っているというのは、恐ろしく奇妙な感じだった。それに呪わしくなるほどもの悲しい。今にもうしろから母さんの足音がきこえてきそうだった。そこへ知らない女——ぼくが知らないだけだ——が台所のほうから上がってきて、ぼくは一瞬それを母さんの女中だったマーサとまちがえた。マーサはいつも羽《は》根箒《ねぼうき》をかさこそいわせて家じゅう掃除してまわっていたものだ。

ヒュー！　あのころからくらべるとぼくは長い年月を生きてきたし、たくさんの経験を積んでもいる。そして人生をあるがままの色彩で見ている。こんな話をすっかり書くなどというのはちょっと奇妙なことなのかもしれないとは思う。しかし今度のことは、それがおこっているまっさいちゅうにあっても、すでにぼくの人生に一時期を画《かく》する重大な分れ目であるという感じなのだ。それにこの娘はぼくがこれまでに女という退屈な種属について経験してきたものとはまるでちがったものを持っている——気まぐれで神秘的で、ぼくに対してはまるで独裁的にふるまうのだ。すこしもかわいくはないし、美しくもない——もっとも眼だけは別だ。どちらにしてもけっきょく、諺《ことわざ》にもいうように、美しさとは表面だけのことにすぎない。「緋色の貴婦人」独創性あふれる天才新人作家による全三巻の大ロマン!!!

　ふたたび階下へ降りてきたとき彼女は帽子を脱いでしまっており、その黒っぽい髪は額からうしろへごくあっさりと無造作《むぞうさ》になでつけられていた。眼のまわりを一本の曲線がふちどっている。うまくいうのはむずかしいが、彼女の顔はまさに彼女自身のものなのだ。ファニーとはぜんぜんちがう。

「さあ、庭へゆきましょう」と彼女はいった。「そこであんたに見せることにするわ」ぼくはこの「あんた」というのをはっきりと憶えている！　さてぼくは彼女のあとについて庭へ出ていった。そしてまたたくうちに半ズボンの時代にまで縮《ちぢ》まってしまった。ほんのすこし野性に帰って緑が濃くなったことをのぞくと、まるでなにひとつ変っていなかったのだ。桜に林檎にサンザシ、ライラックに金鎖《ラバーナム》。そしてニオイアラセイトウの甘い香りととけあった――あれは母さんだ。すべてが母さんそのままなのだ。

「さあ、ニコラスさん」と彼女は一瞬身体をかがめながら明るい調子でいった。「わたしたち、移り気でしたかしら？　憶えていらっしゃる？……」そしてそこまでいうとその顔はまたすっかり重おもしくなってしまった。「なんていっていいわけをしたらいいかしら」と彼女は言葉をつづけた。「考えただけで恥ずかしくなってしまいますわ。わたしあの窓のところから木立ちのむこうをながめていて、そしてぱっとわかってしまったんです。とても恥ずかしかったわ。わたしのことどうお思いになるかわからないけど、でもどちらにしてもそれはほんとうのことなんですわ。もっとも、もしあなたにわたしがよく顔を知っている小さな男の子の心がおありなら、わたしのことを許して下さるのもむずかしくはないはずですわ。なぜって、ほら、ここにこうしてくる日もくる日もいつもひとりぼっちでいれば、自分だけといっしょにいることに慣れてしまうんですもの。ほかの人たちがいるようなときにはもちろんそれらしくしなくちゃいけないけど、でも……ほら、考えてもみて下さいな。とにかくそうなんです。……わかって下さるかしら？」

ぼくは御親切ありがとうとかなにかそのようなことをぶつぶつといった。「ほんとに感謝していますよ。あなたにもそれから、あの……」

「わたしたちリンドジイと申します」と彼女はすばやく口をはさんだ。「すっかり忘れてました。父はここに牧師の職を持っているというわけではありませんの。わたしたち、ただここでいっしょに暮らしてるだけなんですわ……」

「あなたのようなお仲間がいらっしゃるんだからとてもしあわせですね」とぼくはいい、あやうく舌をかみそうになった。ぼくは女性を相手にするとすぐばかなことをいってしまうのだ。彼女は眉をひそめるのをやめて唇を閉じたが、まるで悲しがっているかのように見えた。それから彼女は身震いをしたが、そうするとその声からは響きがすっかり消え失《う》せてしまった。

「あのう、さっきしたへ降りてきたときお話したかったのはこんなことじゃあないんです。でもどうにかしてわたし、わかっていただかなきゃいけないし、これしか方法がないんですわ。この絵がそうなんです。わたし、今これをあなたにお見せしたりしたくはないんですけど。ちっともそうしたくはないんですけど。でも、あのう、こうなんです。この家に越してきたとき、わたしたち父の戸棚の引き出しに古い書類がつまっているのを見つけたんです。これはそのなかにあったんですわ。わたしこれを盗みましたの。お見せするのはいやだわ――友だちを裏切るみたいなんですもの。でもそうしないわけにはゆかないし、あのう、よろしかったら、すぐにかえして下さいね」

さんざんこうしたまわりくどいことをいってから、彼女は楕円形の黒檀の額縁にはいった、ひとりの子供を描いた小さな鉛筆画をぼくの手におしこんだ。絵のしたにはぼくの幼い字で「これはぼくです、ニコラス」となぐり書きがしてあった。もちろんぼくはすぐにそれを思い出した。それは何年も何年も前に母さんが描いた小さな絵だった。ぼくは母さんがあの小さな居間の銅の石炭入れの前にぼくを立たせたのも憶えているし、そのあとで膝のうえにぼくをすわらせてどう書くかを教え、手をとってやらせてくれたのも憶えている。素足には今でもあの炎の熱さが感じられるし、字をたどりながら心配そうに舌を突き出したのも憶えている。ぼくは彼女にそれはぼくの母の描いたものだと話した。「母はときどきぼくと遊んでくれたんです」とぼくはいった。

「お気の毒に」と彼女はいい、彼女らしいやりかたでほほえんだ。「それからこっち、おしあわせでして？ あら、こんなことおたずねするなんて、わたしなんてばかなのかしら。でも、とにかくこれで、あの、どうしてわたしがあなたに――その、お会いしたかったか、おわかりですわね――なれなれしいことをしたわけやなんかも?」

ぼくは「御親切、喜ばしい」その他、そういった言葉ばかりくりかえして、へどもどとなにかいった。

「ああ」と彼女はいい、ぼくの手から絵をとりもどした。「夢ですわ!　ほかの人たちはわたしみたいじゃないんですもの――これ、うぬぼれでいってるんじゃありませんわ!　あなたにこんなふうにお話してちゃいけませんわね、ニコラスさん。あなた、礼儀作法のありったけを動員してきいて下さってるんですもの。わたし、ささやかには持ってる礼儀さえ忘れてしまっていましたわ。さあ、なかへはいらなくちゃいけませんわね」入口のところで彼女はためらい、なおも眉をしかめながらかすかにほほえんだ。「あなたは、なにかとっても鮮かなできごとがあったときや、その――ええと、なにかがくっきりと見えたときに、自分で自分にこういったりなさいません?」そういって彼女は庭のほうへさっと手を伸ばした。「これをわたしはいつまでも忘れないだろう、まさにこの光景を――って。なのにあとになって思い出すと、そう思っていたのはまるでちがうんですわ。どうぞ、なかへ、ニコラスさん。わたし、あなたの苗字《みょうじ》はうかがってないし、うかがうつもりもありませんのよ。『あなたですのね、ニコラスさん』って、それで十分ですわ」

ぼくたちは客間にしているらしい部屋で(ぼくらのころには食堂だった)お茶を飲んだが、そこはとても古めかしくていささかみすぼらしかった。家全体が暗褐色に静まりかえっている感じだった。Ｌ氏は古い皮張りの肘掛け椅子にすわって膝を鋭角に曲げていた。そしてときおり、その眼を夢想のなかから浮かびあがらせてはなにかいうのだった。その場を楽しくしようと努めてはいるらしかったが、しょっちゅうそのことを忘れてしまっているようだった。かれはまるで年取った雌《め》馬のようにむしゃむしゃと口を動かし、五杯のお茶をすすった。その鼻はまるでくちばしのように眼のあいだから突き出していた。そのようないろんなことで、ぼくはおそろしくよけい者のように感じた。ぼくにとってそれは唖ばっかりのお茶の会のようなものだったのだ。フローレンスはほとんどぜんぜんしゃべらなかった。その眼のなかではまだなにかがくすぶっているようだったが、どうやらしゃべり疲れているらしかった。ぼくたちはただぼんやりとすわりつづけ、きこえるものといえばときおりリンドジィ氏がお茶をすする音と庭で鳥がさえずる声ばかりだった。そのうちとてもほっとしたことにＬ氏は最後の一杯を終え、両手を膝のうえに置いた。

「そうですな」と彼はやがてぼくの考えたことがきこえてでもいたかのようにいった。「あなたが子供であったころにはこの家はこんなに静かではなかったでしょうな。われわれは世捨て人なのですよ。ひっそりと暮らしておれば、世間のうわさなどというものも鎮まってしまいますからな。しかしそのうちまたあらためておいで下さい。あなたがお感じになっているほど形式ばった暮しをしているわけではありませんし、いつでも歓迎いたしますよ」これは明らかに帰れというほのめかしだったので、ぼくはその機会にとびついた。ぼくは彼にもてなしのお礼をいい、手を握った。老人はまるで街灯の柱みたいにこわばった姿で立ちつくし、籠の鳥を思わせるうつろな青い眼でぼくを見おろしていた。

フローレンスはドアのところまで見送ってくれた。ドアを開けながら彼女は「まあ」といった。「暗くなってきましたわね。おひきとめして悪かったのかもしれませんわ」

「そんなことありませんよ」とぼくはいった。「どんなに感謝しているか、口ではいえないくらいです。きてみたら空家になっていたなんてことだったとしたら、あるいは、その、すっかり――」

「ええ、でも忠実でなくなることなんかなかったと思いますわ」と彼女はいった。「そんなことけっしてなかったはずですわ。わたしたちこの静けさと寂しさとが好きですもの。というか、それさえ感じないいんですもの。わたしたち利己主義者ですわ。自分の空想で自分の目に魔法をかけてしまうんです……それがわたしの庭なんですわ」そして彼女は夕暮れのヒースの荒野を見渡したが、それは星の輝く空につづくところまで暗くはてしなくひろがっていた。「またきていただけますわね？あら、ほんとにいろんなしきたりにすっかり慣れるというのはとてもむずかしいことですわ。じゃあ、さようなら、ニコラスさん。わたしあなたの絵を大事に持っていて、あなたのほうは忘れることにしますわ――いつかあなたがほんとうのあなたを腕にかかえていらっしゃるまではね。なんて静かな夜なんでしょう！　誰かがきき耳をたてているみたいですわね……」

第一章はこれでおしまいだ。ぼくはまた本来の楽しいつきあいへともどってきた。ジュピターに感謝。

しかしあんなに陰鬱な家にはこれまで足を踏みいれたことがない。彼女はぼくにほんとうに関心を持ってはいなかったようだ。ぼくにはしゃべる機会をほとんどぜんぜんくれなかったし、ひっきりなしに絵のことばかりくどくどいっていた。いささか子供じみていると思う。しかし彼女はだいたいがそうなのだし、世間的な知恵などまるでないようだ。そのくせ顔を見るとけっこうな年齢だ。すくなくとも十九にはなっているにちがいない。あの顔ときたら、ある瞬間には本のように読みこなせそうになるのだが、つぎの瞬間には眉をひそめるかなにかですっかりまちがっていることがわかってしまう。かすかにでも笑うとあの顔もまるでちがってくる。ときどきはほとんど美しいとさえ見えたくらいだ。ぼくは彼女といっしょにいるとぜんぜん自分らしくなくて、みじめなくらい不器用にふるまうことしかできなかった。彼女はぼくのことをとほうもない青二才だと思ったことだろう。なにか家庭の秘密とでもいったようなことがあるのは賭けてもいいくらいだ。たぶん、破れた恋愛事件とかなにかそんなところだろう。とにかくぼくはお茶の会はまっぴらだ。どうして神が人間をそう作りたもうたようにしゃべるということをしないのだろう。

読みかえしてみてぼくは彼女がぼくと握手さえしようとしなかったことに気がついた——そうすることを避けていたとさえいえそうだ。彼女はほんとうにぼくにはほんのわずかな関心さえ持っていなかったのだ。まったくのエゴイストだ。だというのにぼくはくだらないなぐり書きをして（何週間分もの日記帳のことはいわないにしても）長い時間をむだづかいしてしまった。もういろんなこまかい行動や考えを分析しようとするのはやめよう。シェイクスピアやナポレオンもそんなことはしなかったはずだ。自分のことなど忘れて他人のために生きるほうがほんとうだ。人間というものはその舌とくらべてなんと賢くできていることだろう！——ロバート伯父《おじ》に手紙。今夜の星空はすばらしい。

四月二十九日。「夫人」およびファニーと音楽会に。夫人は十分に愛想《あいそ》がよかったが、そのことをのぞくと大なり小なり浅薄さともったいぶりとスキャンダルとの無意味な混合物だ。何週間もＦに会わなかったような気がする。例の訪問についてはなにもいわずにおいた。
四月三十日。また昔の家の夢を見た。陽が照っていて、ドアが開いたと思うとＬ老人が庭に出てきた——しかも半円になった後光を背負ってだ！　今後夢を見たら記録をとっておくことにしよう。人間はおそらく眠っているあいだずっと夢を見つづけているのにちがいない。なぜなら考えること即ち存在することであり、無になるということができない以上、そうである以外ないからだ。午後散歩をして、G・Mに会った。ほんのすこしだけフランスふうというのもあぶなっかしい代物《しろもの》だ。三時半にガイルズ夫人の葬式。

五月一日。五月祭《メイ・デイ》。みじめな気分で目をさまし、そのままの状態がつづいている。雨。かの生意気《なまいき》な気取り屋アディソンをすこし読む。人間に対する本質的な理解力を蝿《はえ》ほどにも持ちあわせていない男だ！　F・Lに訪問のお礼状を書こうかと思っている。考えてみればかれらはとても礼儀正しかった。まだまだ若い、気をつけなくては！

五月三日。考えに支配されることなく、考えを支配することを学ぶべし！

五月六日。ファニーと散歩。彼女はもうすぐある姉さんの結婚式のことばかりしゃべって止むことがなかった。なんたる野蛮な習慣。そのくせわれわれは己れの文明を自慢してばかりいるのだ。まったく！　どんな未開な儀式とくらべてもすこしもましだとはいえないし、葬式にしてもそうだ。ぼくが死んだら林檎樽につめて十字路のところに埋めてくれ！　といいたい。すくなくとも二日酔の御者や空涙《そらなみだ》とくらべれば、そのほうがずっと真実で人間味がある。ファニーはぼくがどうしてひとと「ちがって」いるのかとたずねる。彼女には男の性格や性質がひとつの面にとどまるものでないということがわからないのだ。ぼくは機械ではない。しかしいつの日かぼくも夫というものになるのだろう。

五月五日。けさまたあそこへ出かけた。ヒースの荒野では春がキャラバンを組んで野営をして

いた。大きくて暖かな静けさのようなものがあたりにたちこめ、陽の光が霞《かすみ》のようだった——それにすべてがまぶしいような緑なのだ。そしてぼくがほとんど最初に出会った人間はF・Lその人だった。

彼女はぼくに背をむけて、小さな丘に腰をおろしていた。あのきらびやかなかっこうではぜんぜんなかったけれども、ぼくはすぐ彼女だとわかった。ぼくは速足で芝のうえを歩いていったが、ほとんど音をたてなかったにもかかわらず彼女はさっとふりむいた。その眼がきらきらしていたので、一瞬ぼくは泣いていたのではないかと思ってしまった。彼女には黒が一番似合うとぼくは思う。女は誰もがそうだ。彼女はぼくを見て手を差し出したが、その動作かあるいはその表情のなかのなにかが、ふしぎに母さんを思い出させた。ぼくはきょうはお祝い日ではないようですねなどと、ばかなことをすこししゃべった。

「わたしのことなどおっしゃらないで」と彼女はいった。「わたしなんて半分生きてるだけで、もうぼんやりとしてしまって死にかけている人間ですもの。あの緋色のことなら——ええ、あれは腹いせに着たんですわ。わたしも四月みたいになってやろうと思ったんです。ほんとにそうなりましたわ——はじめてね！……わたしあなたがもっと早くまたいらっしゃるだろうと思っていました。わたしいつだって自分がそうであってほしいと思うことを人がやるにちがいないと信じこんでしまうんです——そんなことないってわかってしまうまでね。だけど、ああ、こんなことに耳を傾けたりなさらないで。『雨、雨、やーめ』」彼女は子供のように手を叩いた。「わたしよく考えるんですけど……」と彼女はまたひとりごとをいうような調子で話しはじめた。が、そのとき影のようなものがさっとその顔をかすめた。

「よくどんなことを考えておいでなのですか?」とぼくはきいた。

「お気になさらないでね」と彼女は小声でいった。そして顔をあげてぼくを見たが、その顔にはあの奇妙な微笑のひとつが浮かんでいた。「うちへいらっしゃいません? 父もあなたにお会いできれば喜びますわ。いらっしゃいますわね? それにわたしまだ家のなか、半分もお見せしていませんもの。いらして、そしてあっというまに昔に帰って、また子供におなりになるのよ。それにほんとのことをいうと、わたしあなたっていう人がいるっていう考え——大きくなって礼儀正しい賢い人になってそこにいるっていう考えに慣れたいんですわ。ああ、あなた悲しいほどお変わりになったわ。でもわたしそのままのあなたを知りたいし、家へお連れしたいんです。いらっしゃいますわね?」

　ぼくはひどくやっかいに思ったが、断るなどという無作法なこともできなかった。彼女はこの前とはようすがちがっていた。ぼくにはうまくいいあらわせないが、彼女のしゃべっていることの裏には常になにかがひそんでいるようだった。しかし彼女といっしょにいて落ち着けないことはこの前とまったく同じだった。

リンドジイ氏はあいかわらずやせこけた姿でぎくしゃく立ち上がった。哀れな老人。その顔はその哲学的なお説教を実行に移してはいない。やがて腰をおろしたのを見ると、白いネクタイはねじまがり、額にはとげとげしい影。ときが彼をからからに乾かし、深いしわを刻んでしまったのだ。しかしそれでもなお彼には恐ろしいばかりの重みが感じられるし、ぼくにはその話の要点のほとんどがどうしてもつかめない。まるで機械じかけでしゃべっているかのようだ。ああ、若いうちに死にたいものだ！ ヘレンという女にもあった。たぶん家政婦のようなものなのだろう。

彼女は肩掛けを持ってきて、それでフローレンスをまるでミイラを作ろうとでもしているかのように何重にもくるんでしまった。ぼくは礼儀上、彼女に「こんにちわ」をいいたかったが、彼女はその機会を与えてはくれなかった。それからFとぼくはいっしょに庭をいったりきたりした。「おわかりになるかしら」と彼女はいう。「なにもかもがもとのままで時間はひとつの神話なんですわ。そうしたいと思わなければ考える必要なんてありませんのよ、ちがいます？」彼女はいつもこんな奇妙なことばかりいう。ぜんぶ書くつもりはないが、ぼくはちゃんと憶えている。彼女はぼくのことをなにからなにまできこうとした。質問をするときにはすこし身をのりだすのだ。こんなにいろいろなくせを持った人間に、ぼくは一度も会ったことがない。ぼくはあまりしゃべらなかった。学校時代のことと、それから母さんについて憶えていることをみんな話しただけだ。ぼくは自分のことを話すのがきらいだ。まるで偽善者のように。もう一度ゆく約束をした。

五月六日。午後九時。にわか雨。いささか気分が悪い。いやな晩だった。ファニーはすねていたし、ぼくも御同様だった。ぼくには結婚生活などというものをやろうという気はぜんぜんない。披露宴用の太った仔牛かなんかのように満足気にながめられるのはまっぴらだ。誓ってぼくには「夫人」のおあとを慕ったり、その貞潔さを讃《たた》えたりする気はない！　ファニーに手紙を書いた。ペイグから勘定書き。まあまあの額だ。

（ファニーからニコラスへの手紙。五月六日付け）

あたしの大切な大切なニック
あなたはあたしを傷つけるつもりなどおありではなかったのでしょうけど、あたしにとってはかわりないくらい、いえもっとつらいことでしたわ。ママにどうして眼が赤いのかときかれてしまいました。なんとかはぐらかしてはしまいましたけど。あたしたしかに想像をしすぎるのかもしれませんけど、でもあなたほんとうにちがって見えるのですもの、どうしても想像をせずにはおれません。あたし自分があまりきれいでも魅力的でもないことをよく知っているんです。でももうこんなことはしませんわ。あたしあなたに喫煙帽を送りました。しわになってなければいいのですけど。

どうかあたしのためにかぶってみて下さい。部屋にこもってぜんぶひとりで仕上げたんです。もちろんデザインは別としてですけど。Nの字のうえの端《はし》のところがうまくいってませんが、それというのも材料がとても扱いにくかったせいですし、それにあたし今とても忙しくてなにから手をつけていいかわからないくらいなのです。昨夜パパがあなたの肩のうえにはいい頭がついているといっていました。これはあまりよくはきこえませんが、パパがいったとなるとなかなかたいしたことなのです。ママが何といおうと、じっさい的なことだけがすべてではありません。あなた、ほんとにもうあたしのことちっとも怒っていらっしゃらない？　あたしとても混乱してしまってるのですけど、あなたが辛抱して下さるなら理解するように努めてみますわ。おやすみなさい、あなた。あたし、こんやはすこし悲しいの。あなたなしではどうすればいいのかわからないんですもの。

変わらぬ愛情をこめて

ファニー

追伸　G・Mのことはまったくのうそなのですけど、あなたにはそんなことどうでもいいらしいのね。あたしそれで腹がたって、いやな気持になったんですわ。

五月八日。頭痛がして気分が悪い。ファニーは一日二日叔母《おば》さんのところへいっている。

五月九日。ヒースの原でFに会った。彼女はどうしても駆けっこをしようといい張る。ぼくらはふたりの子供のように走ったが、やがてぼくが警告したとおり、彼女はひどく咳こみはじめて、おそろしくまっさおになってしまった。あまり丈夫ではないのかもしれない。そこでぼくが腕を貸すと、彼女は家につくまでずっとごく静かにしていた。あそこにいっているときだけ、ぼくはしきたりの足かせのことを忘れて、ほんとうの自分になる。彼女を理解するのはとてもむずかしい——まるで索引と章の見出しだけでできた本みたいだ。しかし見ているとすべてが心から出ているのであって、絶対にわざといっているのではない。ぼくにはそれがいささか病的に思える。女がわざわざやたらに考えようとするのはどこか不自然だ。女の考えというものは常に本能的なものなのであり、そうした自然の枠《わく》を踏みこえたりすべきではない。だいたい愛などというものも、まるで不合理なものなのだ。それがただそこに育っているとき、立証などということはできなくなってしまう。

五月十日。ファニーが帰ってきた。マン夫人はぼくの声が質のいいテノールだという。彼女の合唱団にはいってほしいとのおおせだ。つまらない。

五月十一日。Ｆと庭の林檎の樹のしたでお茶を飲んだ。しかし夕方になると霧が出てきたので老紳士はＦに家のなかにはいらなければならないといった。だが彼女はそうしたくなかったらしい。彼女はぼくに本を見せてくれた。暖炉棚のうえには聖母を描いた細長い暗い感じの絵がある。彼女は絵も描かず、針仕事やそのたぐいは考えたこともないようだ。きいてみると笑いながら「やってみさえしなければできたかもしれませんわ」という。ぼくもある種のことについてはそんなふうに感じていたので、この返事はなかなか気にいった。家の静けさもかなり好きになったし、ヒースの荒野がはるかにひろがっているのもいい。いつもならFはぜんぜんじっとしていないのだが、今夜はほとんど息もしていないみたいで、こういうと奇妙にきこえるかもしれないが、見ているとその顔に、特にその眼に、考えていることが読みとれるくらいだった。ときおりL氏の澄んだうつろなまなざしがぼくのうえに据えられているのを感じるが、その眼はまるで頭のほうへ送った伝言の返事を待っているみたいだ。彼がぼくを好きだとは考えられない。Fは彼がひどい苦しみに耐えているのだという。たぶん、なにか苦労の種でもあるのだろう。もちろん苦痛を無視するというのは強いことだが、けっきょくはそれも自己満足にすぎない。ゆきすぎは哲学的ではなく、ものごとをありのままにうけとり私生活において気取ったりしないのが哲学的なのだ。ぼくは一日一日と憂鬱症になってきている。

五月十二日。ミラー家で夜を過ごした。ファニーがきており、グウィン嬢もいた——金髪でやせ型。うっとうしいばか娘だ。彼女はぼくが浮気っぽくみえるとFにいった。こましゃくれた阿呆《あほう》だ。だがしゃべっているぶんにはまあまあおもしろい。ファニーはあまりごきげんがよくなかったようだ。だが年じゅうおあとに従っているわけにはいかない。……虚空《こくう》から声、誰かが呼んでいるみたいだ。そとを見ると星空に三日月《みかづき》がかかっていた。この世はふしぎだ。

五月十三日。ああ、こんないまいましい世のなかはまっぴらだ。何てことだ——うわっつらだけの美徳、うわっつらだけの友情、なにもかもがうわっつら。悪さえもうわっつらにすぎない。すべてに耐えてあざ笑え！ それよりも高く上昇しろ。平和は虫けらどもとともにある。すべては空《くう》の空なりと賢きヘブライびとは語り、以来、知恵ある者はみな同様のことをいっている。そして運命はいう。「この杯《さかずき》より飲め、汝哀《なんじ》れなる死すべきものよ。汝が旅は終れり。耐えがたき倦怠に別れを告げよ」真実の顔に塗ったペンキをはがすのは皮肉屋の所業《しわざ》だ。逃げ出すことさえできれば！

五月十四日。ロバート伯父から手紙。あいかわらずぐどぐどと出かけさせたがってばかりだ。卑劣にもついに金という切り札まで持ち出して脅そうとする。「いつかきっと眼にものみせてやるぞ、、、、、、!!!」

五月十五日。聖バルナバスの日。教会からファニーと連れだって帰ったが、なにも話すことがみつからなかった。ぼくの頭はどんどんからっぽになってゆくようだ。

五月十七日。にわか雨に会った。Fは栗の樹のしたに立っていようといい張る。おかげでふたりともずぶぬれになってしまった。ほんのつまらないことにあんなに熱中する人間は見たことがない。指までがおしゃべりをしているようだ。ぼくらはもしなれたとしたら何になりたいかということで議論をしていた。「ああ、そうだわ」と彼女はいう。「わたしなら賭博師になりたいですわ――残った小銭をみんな賭けて、そうして明かりがぐるぐる回りはじめるの――まわりにはたくさんの顔がまるで白い霧のよう、すこし離れたあたりではぶつぶつぺちゃぺちゃ話し声――わたしの額はすっかり冷たくなっている――そうして、そう、心臓はこんなにどきどきしてる。そして、そのとき――ああ、そうよ、当ったの、大当りなの。ぜんぶぱっとつかってしまって、買い物なんかなにもしないの。先なんか見えない無鉄砲な火花みたいな一瞬、その鮮かさ――たった一度でいいの、そうやってこの哀れなせせこましい自分やあなたやみんなぜんぶをふり捨てて忘れてしまうんですわ……あら、ごらんなさいな、霧がほぐれてきてお陽《ひ》さまがあんなに白いわ。なにもかもが雨のなかでつま先で立って歌ってるみたい。昔、ばかなお下げの小娘だったころ作った歌にそっくり。『ぬばたまの髪』とか『燃ゆる瞳』とか『死せる恋人たち』なんてふうなのを、わたしいくつもいくつも片っぱしから書いたものですわ――燃えるように熱くなって、心臓はこのへんまできてて、すっかりむちゅうになってのぼせあがって、インクで頭のなかにしみができるくらい。そのまっさいちゅうに立ちあがってそとへ出てみたら、風が吹いてきて詩をみんな吹きとばしてしまって、やっとすっかり正気にもどったんでしたわ。さてと――さあ、ゆきましょう！　わたしの声、すっかり変になってしまいましたわね」

ぼくたちはひっきりなしにしゃべりつづけた。そこへ運よくL氏が肩掛けと傘を持ってむかえにきてくれた。彼は死火山のように傷だらけな灰色の顔をして虚空を見つめながら、ぐしょ濡れの草をわけて遠くから忍び足で近づいてきた。何となくFとぼくがこっそり会ってでもいたみたいな変な感じだった！

五月十九日。もう人々と調子をあわせてゆくのにはうんざりしてしまった。連中にはそうした努力は理解できないし、かえってくるものはなにもない。人間は根本的にはみんな自分勝手なのだ。

五月二十日。ファニーがG・Mといっしょにいるのに会う。あんな犬っころのことを悪くいうのはやめておこう！　嫉妬したかというと――！　敗け犬、敗け犬、悪魔に一発くらった敗け犬だ。

五月二十一日。なにをすることもできない。ぼくは人生の潮のまにまに漂う藻屑《もくず》にすぎない。出かけたほうがいいのかもしれないと思う。働かなければいけないのだ、ぼくは。働かなければ。それがなによりの薬だ。こんなにしていると腐りかけてきて、それだからこんなに自意識過剰になって何でも誇張して考えてしまうのだ。人間というものは弱く、誤りに満ちているのだから、ものごとの神秘のなかにつきいることなどできはしない。ただ盲目的に働きつづけねばならないのだ。しかしもしぼくを完全に信頼し、飽くことなく耳を傾け、ありのままにうけとってくれるような人がいさえしたら！　頭痛。早めに寝よう。

五月二十二日。豹《ひょう》がその斑点を塗りかえることは可能だろうか？　教会のあとでファニーに伯父の忠告をうけいれることに決めたと話した。彼女はひどくがっかりした。しかしぼくはそれが一番いいことなのだと彼女を説得し、今がつらければつらいほど将来は楽になるのだと話してやった。かわいそうに彼女はいろいろな災難を発明しては、ばかな空想にとらわれてばかりいた。だが彼女にとってはこれが一番いいのだ。ぼくにとってこれがどんなにみじめなことであるかは、神様が御存じだ！　フローレンスにはこの計画を話さないことにしよう。

五月二十三日。R伯父に手紙を書いた。

五月二十五日。女の愛というやつは利己的で分析に耐えない。男の愛は知的で、魂の底からのものだ。女の愛は本能的で、うつろいやすい感情にすぎない。ぼくはもう誓って愛したりはしない。

五月二十六日。深夜。なにもかもそうなるかもしれないと思っていたとおりになった。ぼくのやることはぜんぶ、いやみでひねくれたことばかりだ。ぼくには自分が何ともいいがたいほどまぬけでろくでなしだということがわかった。もうたくさんだ。ぼくはすべて本気でいってるつもりだった。どうして誓いを破って出かけていったりしたのだろう？　どうして彼女に行ってしまうことを話したりしたのだろう？　彼女は黙って不思議なほほえみをうかべ、その同情はぼくの魂を奪わんばかりだった。どうしてぼくはあんなまぬけになりえたのだろう。月は輝きを増し、枝にはたわわな花、そしてぼくがキスをすると蒼ざめた奇妙な表情でこちらを見てそのままむこうをむいてしまった彼女。それをぼくはすっかりこの眼で見たのだ。悲しげな微笑を浮かべた彼女は美しいといってもいいくらいだった。その眼は今もぼくにつきまとって離れない。唇はまるで燃えるように熱かった。今考えてみると彼女は最初からすべてを見とおしていたかのようだ。ファニーのことも見抜いていたのではないかと思う。ファニーは何というだろう？――そしてほかの人々は！　頭のなかで真っ黒な混沌が渦を巻いているような気がする。ぼくには愛というものがほんとうにわかっていなかったというのに、彼女はぼくが彼女を愛していると思ったにちがいない。彼女はまるでぼくがおしゃべりでばかな子供ででもあるかのようにぼくの話をきくことを拒んで、ぼくに自分がまったく見下げはてた卑劣な人間にすぎないということを感じさせた。そしてそのあと彼女はもう身動きもせず、すっかり落ち着いたそのようすはL氏とそっくりだった。彼女が完全なまでに冷静で石のような手をしていたおかげで、彼はなにも気づかなかったらしい。だがあのヘレンという女はまるで白鼬《いたち》のように勘が鋭い。ぼくはいったいどうしたらいいのかさっぱりわからない。彼女はぼくのことをどう思っているだろう、この偽善者で間抜けで裏切り者のぼくを！　ぼくは孤独と苦しい労働のなかへと逃れてゆかなければならない。そうすればこの世界もいつかぼくにあわれみをかけてくれるだろう——ぼくがあわれみに値いしないことは神様が御存じだ。人の人生には、この世があまりにも口に苦《にが》く、己れ自身を見ればまたあまりにも口に酸《す》いゆえに、死にさえも希望を見出せないときがあるものだ。人生とは長い絶えまない苦しみのことなのだ。

（ニコラスからフローレンスへの手紙）

フローレンスさま

ぼくは昨夜の自分のふるまいについてどんなに自分を責め軽蔑してもしたりない気分です。あれはまったく非紳士的で許しがたい行為でした。このところ数日にわたってめんどうな心配事があり、ひどく混乱してしまっていたのです。はじめて自分の人生に足を踏みいれようとしている男にどんなに困難なことがふりかかってくるか、想像していただけると思います。ぼくは来月の十五日に出発します。あなたにはとても親切にしていただき、お礼の申しあげようもないほどです。ぼくにとってあなたは妹のようで、しかもそれよりもはるかにかぎりなく大切な人であり、別れがそのことになにか変化をもたらすとはぜんぜん思えません。あなたがきいたとおっしゃっていたようなことをほんとうにおききになったのだとしたら、いったいどうしてそんなことになったのでしょう？　風邪《かぜ》をおひきになったりしていなければいいのですが。あなたをずっと庭にひきとめておいたりして、ぼくはまったく考えなしでした。おからだに十分お気をつけて下さい。今はとても落ち着かない気分なので、このへんでやめておきます。

忠実な友であるぼくを信じて下さい
ニコラス

追伸　あなたはほんとうにぼくとおしゃべりをするのがお好きなのでしょうか？　ぼくたちの歩む道が交わっていたのは運命そのもののしわざのような気がします。ぼくはもう自分も含めてなにもかもがいやでたまりません。もしぼくをよく知って下さっていたら、ぼくのいっていることを理解し、許して下さるだろうと思います。

五月二十七日。十五日に出発。Fに手紙を書く。ファニーには何の考えもない。盲目的にぼくを信じてくれているのだ。けっして彼女を裏切ったりしないことをぼくは誓う。自分のことを考えてはいけない。一日じゅう準備で大いそがしだった。分別のある行動をしているという感じ——しかし、ああ、何という変化がおとずれることか！

（フローレンスからニコラスへの手紙）

わたし「理解」しました。そしてあなたがわたしとそれから月と——そうではありませんでしたかしら？——にむかっていった優しい気ちがいじみた言葉は、ちゃんときれいに忘れてしまいました。月も耳を傾けていたのですわ——枝のあいだに見えておりましたもの。たぶんわたしにあなたのことを——このだめなわたしにはとても知ることのできなかったようなたくさんのことを——いろいろささやいてくれたのはわたしの影だったのです。お仕事をなさるために御出発だそうですが、それはとてもいいことだと思います。もしあなたが、わたしがあの小さな黒い絵のなかの子供とともにたどってみた数々の栄光への道を御存じなら、そしてわたしの熱意が輝かしい希望に燃える彼を助ける——ちょうどあのたったひとりの友だちがその憧れにみちた子供らしいまなざしでわたしを助けてくれたのと同じように――ことをどんなにわたしが夢見たかを御存じなら、いまここで拍手をしてあなたを激励しても気を悪くなさったりすることはないと信じています。そうですわ、大好きなニコラスさん、あなたは働かなければいけませんわ。それにわたし、お出かけになる先があのわたしの好きな荒涼として幽霊じみたコーンウォールなのでとてもうれしいのです。だってあなたのいらっしゃる場所をいつでも思い浮かべられますもの。そしてわたしは――ええ、そうですわ、わたしはこの淋しい慣れ親しんだ世界でただ待っていることにします。もしもわたしがあなたを、この春のひとときの友であったあなたを忘れないでいたとしても、そしてときおりはあのはかない月夜の魔法のことを思い出してみたとしても、あなたは許して下さいますわね。わたしまったく無作法でしたし、いうこともすることも不器用でしたけれど、どうかこの長い年月をずっと忠実にすごしてきたことやそれを恥ずかしがったりしなかったことに免じてお忘れ下さいませ。あなたはまるでそう定められていたかのように、わたしのこの世界へすっとはいっておいでになったんですもの。でも今はもうわたしのことなど忘れてお仕事をなさって下さい。ではニコラスさん、神さまがあなたをお守り下さいますように。

F・L

五月二十八日。R伯父より小切手同封の手紙。

Fからも手紙。どんなにぼくを軽蔑していることだろう？　だが彼女のいっていることはたぶん正しいのだ。もしいろんなことがちがったふうにおこっていたら、そしてもし――いや、やめよう、そんなことをいっているとやりきれなくなってしまう。仕事だ！　仕事だ！　仕事だ！　そんなことは心の奥につっこんでしまって、感傷にさようならだ。おしゃべりなど騒音にすぎない。

六月十三日。お別れをいいに出かけていった。いっしょにヒースの野を散歩したが、彼女がとても疲れていたので遠くまでゆくことはできなかった。そこでぼくらは水車場の池のそばにたたずんだ。池のなかには奥深く星々を秘めた別の世界があるかのように見えた。ぼくらはあまり口をきかなかった。一度だけ彼女はとつぜん足をとめた――まるでなにかを忘れていたかのようにだ。「ときどきわたしが思い出せなくなるのは御存じですわね」と彼女はほとんどひとりごとのようにいった。そしてやがてぼくらは家にもどった。窓には明かりがひとつも見えなかった。彼女はなにか心配なことでもあるらしく、とても気分が悪そうに見えた。ぼくは手紙を書いてくれるように彼女に頼んだ。彼女はぼくを見つめたがなにも答えなかった。そうやってぼくらは門のところに立っていたが、やがて彼女はむこうをむいてしまった。そして「だって言葉にはなりえないんですもの」といった。「ああ、沈黙のなかへだけそれはやってくるんですわ。わたしにできるのは耳を傾けることだけ。でもあなたはたぶんお手紙をくださいますわね……むこうのことや、それからあなた御自身のことも教えて下さいますわね。いらっしゃるところのことも、考えておいでのことも、ああ、いろんなことぜんぶ。もう一度お顔を見せて下さいません——なにもおっしゃらないで」ぼくが彼女の手をとると、彼女は仕事に精を出すようにといい、彼女がそういったことを忘れないでほしいともいった。「さようなら、たった五つの文字ですわね——さようなら、それでおしまいなのですわ」そしてぼくの髪を押さえて額にキスをした。門は蝶番《ちょうつがい》をきしらせながら締まった。その音は彼女をびっくりさせたようで、ぼくは彼女が叫んだのではないかと思った。

そのときヘレンがドアをあけて姿を現わし、ランプをかざしてぼくのほうを見た。そしてたちまちフローレンスが走ってもどってきた。小道のうえで彼女はつまずいて転びそうになったが、それでも咳こんだり笑ったりしながら走るのをやめなかった。「ほら」と彼女は走りついてまだあえぎながらいった。「これ、ちゃんとぶじですわ。あなたに持ってきましたの」今この瞬間にも、ぼくの眼には門の鉄の柵のあいだからこちらを見ていた彼女の姿がありありとうかぶ。ぼくが返事をしようとすると、もう彼女はいなくなっていた。そしてやがてきこえてきたのはヘレンが玄関のドアにかんぬきをかける音だったが、それは灰色の永遠とも思える音、冬の夕暮れになるとマーサがやっていたのと同じだった。こうしてぼくは締め出されてしまったのだ。

彼女がぼくにくれたのはあの小さな絵だった。ぼくはそれをとり出し、ぼんやりとあたりを満たしている月の光でながめてみた。家はすっかり暗くなって静まりかえっていたので、ひきかえしてお礼をいったりはしないほうがいいだろうと思った。あんなに大事にしていた絵をどうしてぼくにくれたりしたのかさっぱりわからない。お別れをいうのはとても悲しかったが、彼女にはそれがもっとつらく感じられたのではないかと思う。ではこれでおしまいなのだ。なにもかもがとてもふしぎな感じで、ぼくの心は混乱し疲れはてている。子供っぽいこととはもうお別れだ。ぼくはこれから孤独な放浪の旅に出るのだし、もうこんななぐり書きをすることもないだろう。毎日毎日同じ愚痴をくりかえすだけになるか、あるいはもっと悪いごまかしと気取りばかりになるだろうから。日記なんてものはぜんぶそうだ。語られた思考は偽《いつわ》られたものにすぎない。それよりも先の見えないこの薄暗がりのなかをただ黙って辛抱強く歩きつづけることのほうが、もっと高貴で価値のあることだとぼくは思う。ゆく手には光があるかもしれないのだ。「自分自身を知れ！」と古代の賢者はいった。偉大な人間はすべて孤独によって鍛《きた》えられたのだ。ぼくはばか者だ。しかしこの告白こそは知恵の先ぶれなのだ。

・本書は『アーモンドの樹　ウォルター・デ・ラ・メア作品集２』（牧神社、１９７６）の復刊である。
・底本の〝函入りカバーなし装〟を〝函なしカバー付き装〟とする等、外装仕様には適宜変更を加えたが、本文レイアウトについては、文字組を整える以外、原則的に底本に準じた設計を行なった。
・本文は、１９７０年代半ばという翻訳出版興隆期の風合いを保管する方針に基づき、誤字・脱字等の明らかな遺漏を補う以外、現代では不適当とされ得る用語もふくめて原則的に底本に準じた。

●ウォルター・デ・ラ・メア（Walter de la Mare 1873–1956）
イギリスの作家、詩人。幻想味と怪奇味を帯びた作風で知られる。児童文学作品も多く、『子どものための物語集』で、カーネギー賞を受賞。日本で編纂された作品集には、本作品集（全３巻）のほかに、『デ・ラ・メア幻想短編集』（国書刊行会）、『アーモンドの木』＊（白水Uブックス）、『恋のお守り』（ちくま文庫）などがある。
＊本書『アーモンドの樹』とは編纂内容が異なる

●脇明子（わき・あきこ 1948–）
翻訳家、ノートルダム清心女子大学名誉教授、岡山子どもの本の会代表。デ・ラ・メア作品の翻訳には、本作品集のほかに、『魔女の箒』（国書刊行会）、『ムルガーのはるかな旅』（岩波少年文庫）、『九つの銅貨』（福音館書店）があり、キャロル、マクドナルド、ル=グウィンなど、児童文学を中心とした英米文学の訳書多数。『読む力は生きる力』（岩波書店）など、読書の大切さについての著書も多い。

●橋本治（はしもと・おさむ 1948–2019）
東大駒場祭のポスターで注目を集め、まずは挿絵画家として活躍。本作品集の挿絵、装幀は最初期の仕事の一つで、ビアズリーなどの西欧世紀末美術と日本の少女漫画との、先駆的な折衷と評された。小説や評論の分野でも活躍し、『桃尻娘』（ポプラ文庫）、『花咲く乙女たちのキンピラゴボウ』（河出文庫）、『窯変源氏物語』、『双調平家物語』（ともに中公文庫）などがある。

アーモンドの樹

ウォルター・デ・ラ・メア作品集 2
†
2023年1月31日 第1刷発行（扉込166頁）

ウォルター・デ・ラ・メア
脇明子 訳
橋本治 絵

装丁 Remaster 廣田清子

発行
成瀬雅人
株式会社東洋書林
東京都新宿区四谷 4–24
電話 03–6274–8756　FAX 03–6274–8759

印刷 シナノ パブリッシング プレス
ISBN978–4–88721–830–7/